# 다시, 희망에 말을 걸다

유안진 · 이해인 · 조경란 · 손택수 외 지음

북오션은 책에 관한 아이디어와 원고를 설레는 마음으로 기다리고 있습니다. 책으로 만들고 싶은 아이디어가 있는 분은 이메일(bookrose@naver.com)로 간단한 개요와 취지, 연락처 등을 보내주세요. 머뭇거리지 말고 문을 두드리세요. 길이 열릴 것입니다.

# 다시,
# 희망에
# 말을 걸다

**개정판 1쇄 인쇄** | 2015년 6월 22일
**개정판 1쇄 발행** | 2015년 6월 29일

**지은이** | 유안진 · 이해인 · 조경란 · 손택수 외 15명
**펴낸이** | 박영욱
**펴낸곳** | (주)북오션

**경영총괄** | 정희숙
**편　집** | 지태진
**마케팅** | 최석진 · 임동건
**표지 및 본문 디자인** | 서정희
**법률자문** | 법무법인 광평 대표 변호사 안성용(02-525-3001)
**세무자문** | 세무법인 한울 대표 세무사 정석길(02-6220-6100)

**주　소** | 서울시 마포구 서교동 468-2
**이메일** | bookrose@naver.com
**페이스북** | bookocean
**전　화** | 편집문의: 02-325-9172　　영업문의: 02-322-6709
**팩　스** | 02-3143-3964

**출판신고번호** | 제313-2007-000197호

ISBN 978-89-6799-214-9 (03810)

이 도서의 국립중앙도서관 출판예정도서목록(CIP)은 서지정보유통지원시스템 홈페이지(http://seoji.nl.go.kr)와 국가자료공동목록시스템(http://www.nl.go.kr/kolisnet) 에서 이용하실 수 있습니다. (CIP제어번호: CIP2015015328)

# 다시,
# 희망에
# 말을 걸다

유안진 · 이해인 · 조경란 · 손택수 외 지음

유안진 시인      이해인 시인      조경란 소설가      장영희 수필가
손택수 시인      정채봉 동화 작가      최일도 목사      이청해 소설가
손석한 의학박사      이나미 소설가      은미희 소설가      고득성 재테크 전문가
방현희 소설가      최옥정 소설가      김소형 한의학 박사      이명랑 소설가
김정호 연세대 특임교수      이요셉 한국웃음연구소장      이수광 소설가

**북오션**

# 차
# 례

1장

당신이 따뜻해서
봄이 왔습니다

# 당신이 따뜻해서 봄이 왔습니다

최옥정
소설가

"당신이 따뜻해서 봄이 왔습니다."

카톡 수신음과 함께 새싹 같은 봄 인사가 도착했습니다. 화선지에 정갈한 붓글씨로 쓴 문장 옆에 진홍색 꽃 한 송이가 그려져 있습니다. 수백 마디의 말이 그 한 줄의 문장 위에 넘실댑니다. 일찍이 이보다 더 간곡한 춘신*은 받아본 적이 없습니다. 누가 나를 당신이라 불러 놓고 봄이 왔으니 창밖을 내다보라 합니다. 곧 꽃이 피면 지금보다 웃을 일이 더 많을 거라 이릅니다.

나는 목이 멥니다. 당신이 따뜻해서, 당신이 따뜻해서, 이 말이 왜 이렇게 아픈 걸까요? '이토록 차가운 당신!'이라는 말을 들었

을 때보다 열 배는 아픕니다. 지난겨울, 장장 넉 달 동안 몰아닥
쳤던 강추위와 잦은 폭설, 거기에 크고 작은 우환들. 나는 덫에
걸린 짐승처럼 그저 목숨을 부지하려고 자기 몸에 상처가 나는
것도 모르고 몸부림쳤었지요. 지나고 나면 어리석음과 안타까움
을 불러들일 일뿐인걸요. 따뜻함과는 거리가 먼 시간들이었습
니다.

그 모든 시간이 녹아 내 안에서 시냇물이 되어 흐릅니다. 내가
따뜻해서 봄이 왔다고 정말로 믿어 버립니다. 봄은 본시 그런 것
이지요. 아무리 혹독한 시련의 겨울이 목을 조여도 봄이 오면 창
문을 열고 외투를 벗고 세상으로 사뿐사뿐 걸어 나갑니다. 살아
있다는 것에 잠깐, 감사하고 그리고 오래, 살아 있음을 들여다봅
니다. 뭇생명들이 저마다 숨을 몰아쉬며 봄바람에 몸을 싣는 것
을 평안한 마음으로 지켜봅니다. 나는 이제 두려움이 없습니다.
당신이 따뜻하니까요. 내가 따뜻하니까요. 봄이 왔으니까요.


뭇생명들이 저마다 숨을 몰아쉬는 봄
어제 걸려온 당신의 전화가 이제야 제 뒷목을 잡아당깁니다.
"다 얼어 죽은 줄 알았던 게발선인장에서 꽃이 피었단다. 죽
었다고 갖다 버렸으면 어쩔 뻔했냐. 구석에 내박쳐두면 지들이
알아서 저렇게 싹이 나서 꽃을 피우니 얼마나 기특한지. 언제 와

서 반절 덜어 가라."

꽃게가 발을 늘어뜨린 것 같은 괴상한 생김새와 달리 진홍색 꽃이 예뻐서 조금 분양해 달라고 했던 그 꽃입니다. 꽃 얘기 앞에서 나는 당신께 뜬금없는 질문을 합니다.

"엄마는 희망이 뭐야?"

"희망은 무슨, 난 그런 거 생각 안 하고 산다."

"그거야 엄마 속이 편하니까 그렇지."

"이 세상에 속 편한 사람 한 명도 없다. 길가는 사람 붙잡고 물어봐라. 다 걱정이 한 소쿠리지. 그런가 부다 하면서 살아야지 별수 있냐."

"난 그게 안 돼, 엄마."

무사히 넘어가서 고마운 하루하루

나는 배웠다고, 생의 이면을 살펴야 하는 작가라며 섣불리 희망을 말하기를 경계해 왔지요. 분석하고 비판하고 속을 파헤치는 시선이 아예 습癖으로 자리 잡았습니다. 당신은 그런 나에게 가끔 '암시랑토 않으니 내버려두라'고 타이릅니다. 내가 과연 희망에 대해 무슨 얘기를 쓸 수 있을까, 가까운 벗 몇에게 희망이 무어냐고 물어봤습니다. 다들 멍한 표정이더군요. 생활기록부의 장래 희망 칸을 채울 때도 비슷한 표정이었을 겁니다. 너무

'당신이 따뜻해서 봄이 왔습니다' 라고 나의 어머니인 당신에게 말하렵니다. 이 말은 마음이 젊은 당신의 가슴을 꽃처럼 붉게 물들일 것입니다.

쉽고 흔한 단어 앞에서 오히려 말이 막히곤 하잖아요.

"그럼 어떨 때 절망하는데?"

다시 물어봅니다.

"절망? 그걸 느껴 본 지도 오래됐다. 요샌 어지간한 건 다 견 딜 만해. 나 같은 소시민한테는 절망도 사치야. 그저 무사히 넘 어가는 하루하루가 고마울 뿐이지."

이걸 안분지족이라고 할 수 있을까, 나는 고개를 갸웃거리면 서도 수긍하지 않을 수 없습니다. 저 역시 점점 호들갑이 줄어들 고 그만큼 크게 기뻐하거나 슬퍼할 일도 줄어들었으니까요. 확 실히 상처를 덜 받게 된 것이지요. 그런데 이런 생각을 하고 있 는 내 마음이 왜 이렇게 울적한 것일까요. 내 뇌는 영영 늙어 버 린 것일까요. 아닐 겁니다. 고생스러운 젊음이 끝난 걸 다행으로 여기는 당신 앞에서 제가 그런 말을 할 수는 없지요. 당신에게 늙는다는 건 이제 그만 쉬라고 하느님이 내린 축복 같은 거였으 니까요. 며칠 전 일을 생각하니 낯이 뜨거워집니다.

"금혼식이라고?"

올해로 결혼한 지 오십 년이 되었다는 당신의 말에 우리 형제 들은 일제히 어리둥절한 표정을 지었죠. 아버지와 어머니, 그리 고 금혼식. 도무지 어울리지 않는 조합이라는 표정이었어요. 태 어날 때부터 두 분은 함께 살았고, 아니 우주가 시작될 때부터 부부로 짝 지워져 있었다고 믿는 듯이. 그럴 수밖에 없지요. 자식은 누구나 자기 부모의 결혼식을 본 적이 없으니까요. 그래도 두 분이 결혼을 했고 자식을 낳았고 오십 년을 해로하여 금혼식을 앞두었다는 건 누구도 부정할 수 없는 사실입니다.

우리는 꿀 먹은 벙어리가 되어 생신도 아니고 환갑도 칠순도 아닌 금혼식을 대체 어떻게 다루어야 할지 모르겠다는 난감함을 얼굴에 고스란히 드러냈어요. 그 난감함은 다분히 과연 부모님이 축하받을 만큼 행복한 결혼 생활을 했다고 할 수 있을까 하는 의혹에서 출발합니다. 아버지의 평생 이어지는 세상과의 불화, 그것과 세트 메뉴인 가장으로서의 무능을 지켜본 우리에게는 두 분이 여태 함께 살고 있다는 게 기적처럼 느껴집니다. 흔한 일이 아니라고 모두 기념을 해야 하나? 하는 마음이 있었지만 얼른 자리를 뜨지 못했어요. 왜냐하면 당신의 표정이 뜻밖에 밝았기 때문입니다.

"세상에, 어느새 오십 년이 돼 버렸지 뭐냐?"

그 말은 한탄도 회한도 아닌, 말 그대로 경탄과 약간의 긍지를 담고 있었습니다.

'엄마는 참 속도 없수, 그게 그렇게 대단한 일이야?'

이건 자식들의 생각일 뿐이었지요.

"근데도 니 아버지는 아직도 철이 없으니."

아버지의 평생 이어지는 세상과의 불화,

그것과 세트 메뉴인 가장으로서의 무능을 지켜본 우리에게는

두 분이 오십 년 넘게 함께 살고 있다는 게 기적처럼 느껴집니다.

그 말에도 원망이 묻어나지는 않았습니다. 당신은 과거를 잊은 사람 같았습니다. 정신을 못 차렸다가 아니라 철이 없다고 표현하는 그 마음을 나는 이해하지 못합니다.

아버지는 늙었습니다. 당신도 늙었습니다. 건강을 잃고 패기를 잃고 투지도 잃었습니다. 남은 건 흐릿한 기억과 억울함, 몸과 마음을 무너뜨리는 병마, 생에 대한 통한. 최근 몇 년간 우리들이 감당해야 했던 일련의 일들은 참으로 힘겨운 것이었습니다. 병원을 들락거리고, 신세 한탄을 들어야 했고, 삶이란 이다지도 비루한 것이란 말인가, 비관하게 만들었습니다. 그런 당신이 이제는 힘이 나는지 화분을 내다 분갈이를 하고 대청소를 합니다. 밥 먹다 말고 넌지시 말합니다.

"니 아버지가 딴 건 몰라도 식성 하나는 참 양반이다. 저 밥 먹는 품새 좀 봐라. 밥 알 하나 국물 한 방울 안 흘리고 평생 저렇게 점잖게 먹는다. 무슨 음식이든 다 맛있게 먹고 여태껏 반찬 타박 한번 안 했다면 말 다했지."

아버지가 진지를 드신 자리는 방금 차린 밥상처럼 말끔합니다. 그렇게 막노동판에서 급한 끼니를 때웠으면서도 서두르는 법 없이 조용히 식사를 하시지요. 식사 매너 하나만은 금메달감이라고 나도 생각합니다. 근데 그게 사는 데 뭐 그리 중요한가요? 저 밥상에 올라온 밥이랑 반찬을 벌어오는 일만큼 중요한가요? 밥상을 닭처럼 어지르면서 먹어도 제 식구 입에 들어가는 밥을 벌어오는 가장이 진짜 가장 아닌가요?

"이만치 살고 보니까 니 아버지가 고마운 것도 하나 있더라. 평생 나한테 거짓말 한번 안 했잖냐. 그게 탈이긴 했지만. 남 속일 줄도 모르고 미욱하기만 해서 식구들 고생 많이 시켰어도 그래서 니들이 다 건강하고 탈 없이 잘사나 보다 싶다."

우리가 잘사는 것과 아버지의 정직함, 아니 미욱함이 뭔 상관이란 말인가, 따지고 싶었습니다. 그리고 우리는 결코 잘살고 있지 않다는 말도 하고 싶었습니다. 겉으로 큰 사고가 없다고 잘사는 건가. 어느 날 문득 시간의 틈을 파고드는 어두운 기억, 앞으로도 아버지 때문에 마음 졸여야 하는 피곤한 인생이 잘사는 거란 말인가. 지금도 늙은 어머니 곁에 시한폭탄 같은 아버지가 계시다는 사실이 우리를 평안히 잠들지 못하게 합니다.


봄은 가면 또 오고 가면 또 오고……

아버지는 세상이라는 비를 피해 가족이라는 처마 밑으로 숨곤 했지요. 처마 밑에서도 비가 새고 옷이 젖는 걸 피할 수 없었지만 직장도 명예도 꿈도 없는 아버지에게 가족은 유일한 소유였습니다. 그럼에도 소중히 다루지는 않았지요. 그뿐 아니라 당신 인생의 시행착오를 낱낱이 겪도록 했습니다. 그 시간이 오십 년이었다니 실감이 나지 않습니다.

"봄은 봄인가 보다. 햇볕이 하루가 다르게 보드랍다. 봄은 가면 또 오고 가면 또 오고…… 얼마나 다행이냐."

'겨울도 마찬가지예요, 엄마. 이제 갔나 보다 하면 얼마 안 가 또 찾아오죠. 내 인생에는 봄보다 겨울이 훨씬 길었어요. 그렇게 빨리 겨울을 잊은 엄마가 부럽고도 답답해요.'

하고 싶은 말이 너무 많아서 그냥 속으로 삼키고 맙니다. 카톡 메시지를 다시 들여다보니 일 년 전, 오 년 전의 내 모습이 보입니다. 내 꿈도 보입니다. 새삼 꿈을 아쉽게 흘려보냈다는 얘기를 하고 싶은 건 아닙니다. 나는 꿈이란 꾸는 것 자체로 이미 역할을 다했다고 믿는 사람이니까요. 꿈을 꿀 수 있는 나날, 그게 우리가 희망하는 삶이라고 믿어요.

이 대목에서 존경하는 사람의 목록이 바뀝니다. 높은 자리에서 나를 이끄는 훌륭한 사람들보다 자신의 삶을 사랑하며 하루를 알차게 보내는 사람들에게서 건강한 낙관을 배웁니다. 잃을 것이 많은 사람들은 희망보다는 집착으로 살겠지요. 잃을 것이 많지 않은 사람, 쌓아 놓은 것이 적은 사람, 남에게 대접받는 것을 당연하게 여기지 않는 사람들 속에서 나는 가슴이 차오르는 오롯한 기쁨을 맛봅니다. 그래서 나는 동의도 지지도 할 수 없는 당신의 끝없는 헌신에 대해 함부로 힐난하지 못했을 겁니다. 이제 조금, 아주 조금 알 것 같습니다. 죽은 나무에서 꽃이 피기를 기다리는 그 마음을. 그 마음은 야단치지 않고도 나의 오만과 편협을 나무랍니다.

### 희망이란 꽃말을 가진 꽃들은 모두 봄에 핍니다

당신이 따뜻해서 봄이 왔습니다.

이 말을 가슴에 담고 집을 나섭니다. 때 이른 봄맞이를 시작한 게발선인장 꽃을 보러, 그보다 환한 당신의 미소를 보러 갑니다. 마음에 빛이 드니 살갗에 닿는 공기도 사뭇 따뜻합니다. 집 근처 길을 따라 줄지어 심어 놓은 개나리에 물이 올라 있습니다. 봄이면 노란 꽃길이 북한산 둘레길까지 이어진다고 하니 이곳에서 맞는 첫봄이 기대됩니다. 개나리의 꽃말이 희망이라지요. 희망이라는 꽃말을 가진 꽃들은 모두 봄에 핍니다. 겨울이라는 혹독한 시련을 거친 다음에 따사롭고 화사한 봄이 온다, 인생에 대한 엄청난 상징을 품고서요. 봄이라는 희망이 있어서 우리는 겨울을 견딜 수 있는 것이겠지요. 절망을 겪었기 때문에 희망의 단맛을 더 잘 음미할 수 있는 것일 테고요.

뭐든 많이 보라고 봄이라던데, 아니 볼 것이 많아서 봄이라던데 올봄에는 그동안 미처 못 보았던 것을 하나쯤 발견하고 싶습니다. 너 거기서 잘살고 있었구나. 눈인사라도 하고 싶어요. 애정이 있어야 보인다는 말을 새삼 하지 않더라도 내 마음에 빛이 들어야 세상의 빛도 보입니다. 개나리꽃 같은 환한 빛을 마음속으로 불러들입니다. 바야흐로 꽃피는 계절이 문 앞에 당도했으니. 모든 인간은 희망 속에 숨을 쉰다고 물오른 꽃들이 가르쳐줍니다. 우리가 금방 희망을 알아보지 못하는 건 그것이 시련의 겉옷을 걸치고 있기 때문이라고. 시련이라는 이름의 겉옷을 벗어야 그곳에서 희망을 발견할 수 있다고 이제 조금씩 믿기 시작합니다.

'당신이 따뜻해서 봄이 왔습니다'라고 나의 어머니인 당신에게 말하렵니다. 이 말은 마음이 젊은 당신의 가슴을 꽃처럼 붉게 물들일 것입니다. 금혼식 즈음에는 황금빛 개나리도 하나둘 봉오리를 터뜨리겠지요. 선물처럼 당도할 남은 세월이 당신을 더 많이 웃게 했으면 좋겠습니다. 당신을 사랑합니다.

**최옥정** 소설가

1964년 전북 익산 출생. 건국대학교 영문과, 연세대학교 국제대학원을 졸업하였다. 2001년 《한국소설》에 〈기억의 집〉을 발표하며 등단했다. 소설집 《식물의 내부》 《스물다섯 개의 포옹》, 장편소설 《안녕, 추파춥스 키드》 《위험중독자들》, 포토 에세이집 《On the road》, 소설 창작 매뉴얼 《소설 수업》을 냈다. 허균문학상과 구상문학상 젊은작가상을 수상했다.

# 호프
# 메이커

최일도
시인 · 목사 · 다일공동체 대표



삶은 그리 복잡하지 않습니다. 언제나 '예' 할 것은 예 하고 '아니오' 할 것은 아니오 하면 됩니다. 결국은 선택의 문제입니다. 당신은 지금 어떤 선택을 하고 어떤 길을 가고 있습니까?

죽음이 코앞에 있던 시간까지 최선을 다해 살아간 한 뮤지션의 이야기가 얼마 전까지만 해도 많은 이들에게 회자되었습니다. 그가 쓴 책 제목이 '안 된다고 하지 말고 아니라고 하지 말고'였습니다. 제목만 들어도 무슨 이야기를 하고 싶은지 한번에 느껴지며 공감이 됩니다. 왜냐하면 그가 시한부 인생을 살고 있었기에 더욱 그렇습니다.

해보지도 않고 포기하는 사람들은 대부분 자신의 운명을 원망하거나 주위 환경을 탓합니다. 이래서 안 되고 저래서 못한다고…… 안 된다고, 아니라고 말하는 사람들의 이유를 하나하나 찬찬히 들여다보면 모두가 두려움이란 감옥에 갇힌 사람들이라는 것을 발견할 수 있습니다. 실패하는 것이 두렵거나, 남이 나를 누르고 성공하는 것이 두려워서입니다. 이래도 저래도 모든 것이 두려운 사람들은 늘 안 된다고 말하거나 아직은 아니라는 말을 습관처럼 말하곤 합니다.

실패를 두려워하지 않는 사람들은 해보지도 않고 안 된다는 말은 하지 않습니다. 포기는 기억에 없는 단어입니다. 포기는 배추를 한 포기 두 포기 하며 세어 볼 때나 잠시 쓸 뿐입니다. 늘 도전하고, 희망하기 때문입니다. 아니라고 했던 것이 맞다가 될 때까지 '믿는 자에게는 능치 못할 일이 없느니라[막 9:23]'라는 말씀이 항상 바닥 현장에서 일어나고 있기에 '밥퍼나눔운동본부'와 무료 병원인 '다일천사병원'의 놀라운 기적이, 일상이 되고 상식이 되고 있습니다.

### '호프메이커'가 일으킨 일상의 기적

무료 병원이 개원된 지 얼마 되지 않았을 때였습니다. 암 선고를 받은 한 여성 노숙인이 다일천사병원을 찾아오게 되었습니다. 시립병원에서 암 판정을 받은 후 더 이상은 치료해 줄 수도 치료할 방법도 없으니 집으로 돌아가라는 선고를 받은 분이지요. 돌아갈 집도 없지만 돌아가도 돌봐줄 가족 하나 없는데 대체 어디로 가라는 것인지 그녀는 막막하기만 했습니다. 그러다 만난 것이, 청량리에 있는 무료 병원 다일천사병원이었습니다.

짧으면 1개월 아무리 길어도 3개월을 넘기지 못할 것이라는 선고와 함께 말입니다.

다일천사병원을 만나면서 이분은 누구도 상상할 수 없는 새로운 삶을 얻게 되었습니다. 항암 치료 때문에 머리카락 하나 없는 와중에도, 다시 찾은 그녀의 웃음 덕분에 많은 사람들이 더 큰 감동을 받았습니다. 조금만 컨디션이 나아져도 다른 환우들을 위로하고 자원봉사자들에게 착하게 잘살아야 한다며 너스레를 떨기도 하고, 호탕한 웃음 때문에 천사병원은 늘 하하호호 웃음소리가 떠나질 않았습니다. 그렇게 한 달, 두 달 하더니 일 년, 이 년이 지나서 삼 년 넘게 시간이 흘렀습니다.

지금도 후원자들이 마련해 드린 집에서 통원 치료를 받으며 여전히 행복 전도사가 되어 살아가고 있습니다. 많은 사람들이 기적이라고 이야기합니다만 '호프메이커'가 된 그녀와 오랜 세월 사랑의 나눔을 실천한 자원봉사자들에겐 일상입니다. 항상 있어야 할 세 가지는 '믿음과 희망과 사랑'이라는 사실을 머리

'밥퍼나눔운동본부'와 무료 병원인 '다일천사병원'의 놀라운 기적이, 일상이 되고 상식이 되고 있습니다.

만이 아닌 가슴으로 깨닫고 매일 실천하는 것만이 다를 뿐입니다.

## 영혼의 허기짐을 달래 주는 희망 수련

이 년 전부터 노숙인 영성 수련이라는 자활과 갱생 훈련 프로 그램을 서울특별시와 공동 진행하고 있습니다. 사회의 한 구성 원인 노숙인 대부분이 정신적인 문제로 어려움을 겪는다는 것은 많은 분들이 설명드리지 않아도 잘 아실 것입니다. 인생의 끝자리로 내몰리기까지 가슴에 난 상처들이 어떠했겠습니까? 그 상처 어루만져 줄 사람도, 회복시켜 힘을 줄 사람도 없이 늘 손가락질과 갖은 모욕감에 시달려 가며, 사회 속 그 어느 곳에서도 설자리를 찾지 못한 채 가족 모두를 잃어버리고 살아온 사람들이 대부분입니다.

그래서 목숨을 스스로 끊을 생각을 수십 번도 더 해 보았던 사람들, 그래서 이제는 세상 사는 것이 근근이 버티는 것이며, 죽음보다 더 어렵게 느껴졌던 사람들, 죽을 날만 기다리는 마음으로 살아가는 사람들이 거리 노숙인의 삶이었습니다. 배고프면 무료 급식소를 전전하며 배를 채울 순 있어도 영혼의 허기짐은 그 어디에서도 채울 수 없어 매일을 술로 달래며 맨정신으로는 살아갈 수 없던 아픈 세월들을 지낸 이들이 대부분이었습니다.

이분들이 이 사회에서 다시 한 번 일어서기를 바라는 마음으

로 노숙인 영성 수련을 시작하게 되었습니다. 어쩌면 참으로 무모한 도전이었고 실제로 많은 분들의 염려도 있었습니다. 한 분한 분 멘토와 멘티로 짝을 이루어 진실된 마음으로 이분들의 이야기를 들어드리고 마음을 나누었습니다.

### 막장의 삶에서 희망을 찾아내다

때마침 박원순 시장님도 노숙인 한 분의 멘토가 되어 주시기를 자청하셨습니다. 그 노숙인은 '호프'라는 별칭으로 서울시장실을 찾아가 귀한 말씀과 다과뿐만 아니라 형제 우애도 나누었습니다. 이렇게 40명의 노숙인들과 2박 3일을 울고 웃으며 마음을 열고 만났습니다. 그 자리에 참석했던 호프님은 자신이 살아온 삶을 뼈저리게 뒤돌아보며 가족들과 만나 화해를 하고 암으로 투병 중인 자신의 남은 생을 그 누구보다도 행복하게 사시다 작년에 '다일작은천국<sup>노숙인임종자의 집</sup>'에서 별세하셨습니다.

'서울시장이 멘토가 되어 주고 밥퍼 목사가 친구가 되어 주리라고는 상상도 못했습니다. 더 놀란 것은 예수가 내 친구가 되어 준 일입니다. 친구 품에서 두려움 없이 행복하게 생을 마치게 되어 감사합니다'며 맑은 기쁨의 눈물을 하염없이 흘리셨습니다. 그분의 별칭이 호프님이었듯이 가족에게 버림받고 사회로부터 배신과 거절을 당하다가 밑바닥 막장의 삶에서 희망을 찾고, 그 희망을 이루어가는 과정 속에서 아름다운 인생을 회복할 수 있었다는 그의 고백이 매우 명료했습니다.

'예' 할 것은 '예' 하고 '아니오' 할 것은 단호하게 '아니오'라고 했어야 했는데 '예' 할 것을 '아니오' 했고 '아니오' 할 것을 '예' 하고 살아온 어리석은 삶이었다는 것입니다. 그런데 더 고약하고 나쁜 것은 예도 아니고 아니오도 아니고 늘 어중간한 경계에서 미지근하게 살아가는 삶인 것입니다.

보다 나은 삶을 살아가는 길을 제시한다고 여기저기서 난리법석입니다. 그러나 우리에게 '보다 나은 삶'은 과연 어디에 있는 것일까요? 사람은 태어나면서 번호가 아니라 이름이 붙여집니

호프메이커는 '큰 것이 성공이다!' 가 아니라
'작은 것이 아름답다' 는 정신으로, 작은 불꽃 하나가 큰 불을 일으키듯
아름다운 세상을 작은 형제들과 더불어 만들어 가는 것입니다.

다. 누구든지 여권 사진처럼 정돈된 자신의 외적 정체성에 안주하는 것이 아니라 내적 희망을 생활로 구현해 가는 기나긴 과정인 것이지요.

우리 스스로 이룩할 수 있다고 생각하는 것보다 훨씬 더 고상한 목적을 가진 삶을 살라고 우리는 이 땅에 명을 받은 사람들입니다. 생을 명 받았기에 생명인데 이 생명 다하도록 그것을 위하여 어떤 모습으로 살아가야 하는지, 내가 진정 원하는 것이 무엇인지, 묻지도 않고 따지지도 않고 군중과 함께 질질 끌려가면서 살아가고 있는 것은 아닌지요? 달리는 말처럼 무작정 푯대를 향해 내달리듯 세상을 살고 싶으신가요? 그것은 오로지 나의 선택에 달려 있습니다. 오늘 당신은 어떤 선택을 하셨습니까?

그 선택을 희망의 길로 만드는 일, 그것은 바로 나에게 달려 있습니다. 어떤 선택이든 뒤돌아보지 마십시오. 후회하지도 말고 지금부터, 여기부터, 작은 것부터, 할 수 있는 것부터, 나부터 시작하면 됩니다. 호프메이커는 '큰 것이 성공이다!' 가 아니라 '작은 것이 아름답다' 는 정신으로, 작은 불꽃 하나가 큰 불을 일으키듯 아름다운 세상을 작은 형제들과 더불어 함께 만들어 가는 것입니다.

**최일도** · 시인 · 목사 · 다일공동체 대표

1957년 서울 출생. 장로회신학대학교와 동대학 신학대학원 졸업. 1988년부터 현재까지, 청량리 쌍굴다리 아래에서 굶주린 사람들에게 밥을 퍼드리고 성경 말씀을 나누는 생활을 계속하고 있다. 현재는 다일복지재단 대표이사로, 다일천사병원 이사장으로 늘 사회의 소수자와 약자를 위한 나눔과 섬김을 실천하고 있다. 중국, 베트남, 캄보디아, 필리핀, 네팔, 탄자니아 등지에 다일공동체 해외 분원을 설립하여 가난과 질병으로 고통 받는 이웃들과 함께하고 있다. 시집 《내 안에 그대 머물듯》《실낙원의 연인들》, 산문집 《밥짓는 시인 퍼주는 사랑》《밥心》《참으로 소중하기에 조금씩 놓아주기》《마음열기》 등이 있다.

# 봄
## 소리

정채봉
동화 작가

우리가 세 들어 살던 그 집은 행응동의 산등성에 있었다. 방의 남서쪽에 있는 들창을 열면 깎아지른 벼랑 아래의 화원이 보였고, 멀리 수도 펌프장의 겨드랑 사이로는 골목 입구가 빠끔히 내다보였다.

할머니께서 겨울 내내 시멘트 부대 종이로 외풍을 다스리시던 들창을 나는 과도로 칼집을 넣어서 열었다. '봄샘 추위에 의붓자식 얼려 죽였다는 말 못 들었느냐' 며 노인이 혀를 차셨지만 나는 들은 척도 하지 않았다. 상반신을 창밖으로 내놓고 내려다본 화원에서는 비닐 막사의 옆구리를 열어서 볕을 들이고 있었다.

　나는 창문턱에 턱을 올려놓고 내내 골목 어귀를 지키고 있었다. 돈이 좀 있는 사촌 누나 집에 등록금을 빌려 보라고 동생을 보내 놓고 있던 참이었다. 돈을 선선히 들려 보낼 상대가 아니었지만 그렇다고 포기할 수도 없는 마지막 기대. 그 막연한 기대가 나의 감기를 덧나게 했다.

　문득 동생의 노란 스웨터 자락이 눈에 들어왔다. 그러나 동생은 몇 걸음 걷다가 수도 펌프장의 회색 담벼락에 어깨를 기대고 서 좀처럼 발을 떼어 놓으려고 하지 않았다.

　나는 기침을 참고 들창을 닫았다. 할머니의 걱정 어린 눈빛을 미닫이로 막고 집을 나섰다. 동생하고는 반대편의 길로 고개를 넘었다.

　아무한테도 말하기 싫은 나의 가슴앓이

　고향으로 떠나는 기차는 23시 30분에 서울을 출발했다. 자정께에 서울 변방을 벗어나게 된 나는 차창에 머리를 기대었다. 저 어둠의 터널을 뚫고 나가면 푸른 보리밭 위로 떠오르는 고향의 아침 해를 맞을 수 있으리라는 기대가 다소의 위안이 되었다.

　그러나 나의 이 서글픈 기대는 이내 차창에 들이치는 빗방울에 의해 지워져 버렸다. 먼동은 섬진강 줄기를 타고 건너왔지만 비에 젖고 있는 남녘 역들은 묵화 속의 풍경처럼 적막하게 지나갔다.

동순천역 마당에는 벚꽃비가 시름없이 내리고 있었다. 안개비 속으로 숨어 버린 방죽처럼 아무한테도 말하기 싫은 나의 가슴 앓이. 그 가슴 저미는 봄 멀미 증세는 내가 중학교와 고등학교를 다녔던 광양 땅에 이르자 완연해졌다. 차에서 내려 백운산 기슭에 있는 작은 소를 지날 때는 더욱 심했다.

나는 그때 그 소에 뛰어들고 싶은 어지럼증 같은 유혹을 받았다. 그 투명한 소에 내 몸을 담그면 소는 잉크 빛깔보다도 진한 나의 멍으로 하여 더 푸르리라 생각했다.

비는 그쳤으나 나는 여전히 빗속을 걷는 듯했다. 백운산을 오르는 오솔길가에는 진달래 꽃망울이 한창 부풀고 있었다. 간혹 할미꽃이 시선을 끌어가기도 했다.

봄은 다시 일어서는 것이다

물오른 나뭇가지에서 가지 위로 나는 산새들, 그들의 발은 가벼웠으나 내 발은 무거웠다. 정상을 5리쯤 남겨 둔 상백운암<sup>上白雲巖</sup>에 이르러서 발을 쉬었다.

암자에는 탁발을 나갔는지 아무도 없었다. 나는 그 암자의 남쪽을 향한 쪽마루에 몸을 뉘었다. 아스라이 이내에 묻혀 있는 다도해를 내려다보는 동안 저절로 눈이 감겼다.

동순천역 마당에는 벚꽃비가 시름없이 내리고 있었다. 안개비 속으로
숨어 버린 방죽처럼 아무한테도 말하기 싫은 나의 가슴앓이.

"그렇다. 봄은 다시 일어서는 것이다.
그리하여 마침내 꽃피우고야 마는 저 먼 곳으로의 향함이다."

나는 그때 비몽사몽간에 어떤 소리를 들었다. 눈을 뜨자 절 뜨락의 봄배추를 갉아먹고 있는 어린 산토끼 한 마리가 보였다.

다시 눈을 감았다. 어떤 소리가 또 있었다. 눈을 떴다. 처마 끝의 풍경이 솔바람을 쉬엄쉬엄 걸리고 있었다. 또다시 눈을 감았다.

이번에도 어떤 소리가 들렸으나 나는 너무 깊이 잠 속으로 끌려 들어가 있었다. 눈이 따가워서 일어나 보니 해가 탑 위에 걸려 있었다.

나는 잠들기 전에 들었던 소리를 기억해 냈다. 무엇이었을까. 두리번거리는 내 눈에 응달에서 불쑥 솟아나 있는 목단 움이 들어왔다. 서릿발을 젖히느라 부스럭댄 소리. 순간, '봄은 일어서는 것'이라고 읊은 어느 시인의 시구를 떠올렸다.

"그렇다. 봄은 다시 일어서는 것이다. 그리하여 마침내 꽃피우고야 마는 저 먼 곳으로의 향함이다."

20년 전 그날의 수첩에 적혀 있는 나의 짧은 메모이다.

–《그대 뒷모습》, 샘터, 2006

## 정채봉 동화 작가

1946년 전남 순천 출생. 1973년 〈동아일보〉 신춘문예 동화 부문에 〈꽃다발〉이란 작품이 당선되어 등단했다. '성인 동화'라는 새로운 문학 용어를 만들어내며, 한국 동화 작가로서는 처음으로 동화집 《물에서 나온 새》가 독일에서, 《오세암》은 프랑스에서 번역 출간되었다. 동화 작가, 방송 진행자, 동국대 국문과 겸임교수로 열정적인 활동을 하던 1998년 간암이 발병했다. 에세이집 《눈을 감고 보는 길》《그대 뒷모습》《단 하나뿐인 당신에게》《처음의 마음으로 돌아가라》, 동화집 《푸른 수평선은 왜 멀어지는가》《초승달과 밤배》, 첫 시집 《너를 생각하는 것이 나의 일생이었지》를 펴내며 마지막 문학혼을 불살랐다. 대한민국문학상, 새싹문학상, 불교아동문학상, 동국문학상, 세종아동문학상, 소천아동문학상을 수상했다. 2001년 짧은 생을 마감했다.

# 떨어지는
# 힘으로도

조경란
소설가

"좋은 시절이 올 것이다
어딜 가든지 나는 그 소리를 듣는다
좋은 시절이 올 것이라고
그러나 천천히 올 것이 분명하다"
– 닐 영

스무 살이 되었을 때 내가 빠져 버린 것은 사랑이 아니었다.
또래들이 막 시작한 대학생활이나 사회생활도. 내가 빠져 버린
건 그만 두려움이었다. 스무 살. 지금 돌아보면 무엇을 해도 젊

고 아름답고 생기발랄했을 나이. 그때의 내 모습과 성격은 그것과는 한참 거리가 멀었다. 나는 친구들이 사랑이나 대학생활, 사회생활에 빠지는 모습을 물끄러미 지켜보기만 해야 했다. 나에게는 그런 길이 주어지지 않았고 열릴 기미도 없어 보였다. 나의 스무 살은 연거푸 두 번 실패한 대학 입시에서 온 의기소침함과 더 이상의 지원은 어려운 집안 형편, 제때제때 연탄을 갈아 줘야만 하는 좁은 방, 살찐 여드름투성이 얼굴 같은 것으로 얼룩져 있었다.

집안 형편 때문이 아니더라도 나에게는 대학엘 가기 위해 더 이상 입시 공부를 해야 할 만한 이유가 없었다. 아무 기술도 자격도 없는 스무 살의 나를 채용해 줄 만한 곳이 있지도 않았고. 그런 현실적인 사실을 깨닫자마자 마치 두려움은 가만히 엎드려 있던 사자 한 마리가 앞발을 들고 어둠 속에서 몸을 일으키듯 나에게 덥석 달려들기 시작했던 것이다. 그 두려움이 나에게 말하고 싶어 한 건 이 한 문장이었다. '너는 이 세상에 아무 쓸모가 없는 사람이야.' 스무 살에, 내가 무엇이 되고 싶은지 어떤 사람이 되고 싶은지 스스로 모른다는 사실은 제대로 시작도 해보기 전에 이미 인생의 첫 번째 단추를 잘못 끼웠다는 것을 발견하게 되는 기분과 같을지 모른다.

*내 꿈을 위해 지금 내가 하고 있는 것은 무엇인가?*

그 후 오 년 동안 내가 방 안에서 책만 읽어댄 이유는 단순했다. 내가 무엇을 하고 싶어 하는지, 어떤 사람이 되고 싶은지 알고 싶었기 때문이었다. 그걸 나에게 말해 줄 수 있는 것은 그 시절에는 오직 책밖에 없었다. 그렇다고 믿기 위해서 나는 용기를 내야만 했다. 오 년은 짧지도 길지도 않았다. 그러나 하루는 일 년처럼 길었다. 아침에 눈을 뜨면 할 일도 없고 갈 데도 없다는 건 불행에 가까웠다. 나는 비틀거리며 자리에서 일어나 책을 찾아 읽고 먹고 또 먹고 그러다 불안과 우울이 겹치면 자리에서 일어나지도 못한 채 눈물만 줄줄 흘렸던 기억이 난다. 다시 기운을 차리면 책을 읽었다. 먹을 것을 손에서 놓아 본 적은 거의 없다. 도넛, 비스킷, 빵, 사과…… 책을 제외한 나머지 한 손으로 나는 무엇이든 꼭 붙들고 있었다. 그것이 나의 일부이기라도 하듯.

*좋은 시절은 천천히 오되, 반드시 올 것이라 믿었던 빛나는 순간들*

그러던 어느 날. 나는 꿈을 꾸었다.

커다란 책상 앞에 앉아 내가 글을 쓰고 있는 꿈이었다.

꿈에서 깨어났을 때는 새벽녘이었고 나는 스물세 살이었다. 새 노트를 찾아 들곤 생전 처음으로 시를 쓰기 시작했다. 그 새벽의

순정하면서도 충만했던 기운, 내가 느꼈던 활력과 생에 대한 기
대감 같은 것들이 지금도 문득문득 떠오를 때가 있다. 그 후로 내
가 작가가 되기까지는 오 년이 더 흘러야 했지만 그날 새벽 나는
내 꿈을 찾게 된 것이다. 무엇을 하고 싶은지, 무엇이 되고 싶은
지. 그래서 그 뒤의 오 년은 힘들지도 어렵지도 않았다. 최근에
한 심리치료사의 책을 읽다가 진정한 삶을 꾸려 나가기 위해서는
자신에게 이런 세 가지 질문을 해야 한다고 강조하는 데 주목하
지 않을 수 없었다. "우리에게 중요한 것은 무엇인가? 우리의 생
각은 중요한 것에 맞춰져 있는가? 우리의 행동은 중요한 것에 맞

쳐져 있는가?" 그 시절에는 이와 같은 것을 알 리 없었지만 나는 내 꿈을 위해 본능적으로 나에게 매일 이렇게 질문했던 것 같다. '내 꿈을 위해 지금 내가 하고 있는 것은 무엇인가?' 라고 말이다. 그러자 아침에 일어나면 해야 할 일들이 생겼고 할 수 있는 한 읽기와 쓰기에 몰두하게 되었다. 바라는 게 있다면 한자리에 가만히 있어서는 안 될 때가 있다. 바라는 것을 향해 움직이고 실천해야 한다는 걸 나는 그 시절에 배웠을 터였다. 힘들고 어려운 순간이 찾아올 때마다 아직 나에게 오지 않은 '좋은 시절'에 대해 떠올려 보기를 반복했다. 천천히 오되, 반드시 올 거라고 믿었던 반짝반짝 빛나게 될 순간에 대해. 그러면 쓰러진 바로 그 자리에서 한 손으로 바닥을 짚은 채 끙, 하고 일어날 기운이 생기곤 했다.

*

"우리가 속하는 그런 세상에
우리가 살아갈 수 있다면
참으로 멋지지 않을까?"
— 비치 보이스

사람의 불행은 만족할 줄 모른다는 데 있다. 그렇다고 나에게 말해 준 사람은 엄마다. 우리 가족이 그때껏 살아온 집을 넘기게 될 위기를 막 지났을 때였다. 그런 말을 하는 엄마는 담담해 보였고 나는 부모에게 아직 배울 것이 많이 남아 있을지 모른다는 생각을 잠시 했던 것 같다. 그 후로 시간이 꽤 흘렀다. 나는 사십 세가 훌쩍 넘어 버렸고 열다섯 권째 책을 쓰고 있는 중이다. 비슷비슷한 위기와 좋지 않은 상황들이 반복될 때마다 엄마가 해준 충고를 떠올리고는 했다. 그래도 위로가 되지 않는 때가 있다는 건 내가 욕심이 많아졌거나 바라는 게 커져서일까?

### 원치 않는 일이 일어나지 않는 것이 더 큰 행복

지난해 봄, 작업실을 내놓아야 할 형편에 놓이게 되었다. 전업 작가로 산 지 십이 년째 되던 해에 마침내 마련할 수 있었던 방 하나였다. 매일 오후부터 이른 새벽까지 내가 책을 읽고 글을 쓰고 커피를 내려 마시던, 유일하게 혼자 있을 수 있는 공간. 때론 너무 좁고 궁색해 보여서 투덜거리기도 했었다. 이제 그 방을 내놓아야 할 거라고 생각하니 다시 깊은 실의에 빠지지 않을 수 없었다. 한눈 안 팔고 한 가지 일만 십칠 년쯤 해왔는데도 형편이 이런 거면 앞으로도 크게 달라지지 않을 거였다. 그럴 만한 희망도 없어 보였다. 나라는 사람과 내가 해내는 일과 내 인생이 달라질 거라는 기대는 그때나 지금이나 하기 어렵다. 조용히 들어앉아 글 쓰면서 하루 한 끼 반쯤 밥을 먹는, 소박한 삶을 사는 것이 꿈이었는데 그것조차 어려워져 버린 것이다. 행복은 다른 어떤 큰 게 아니라 지금보다 조금 나은 그런 순간이라고 오랜 시간 나를 타이르며 살아온 게 너무 소극적이었을까…… 작업실을 내놓기 전까지 하루도 빠짐없이 그곳에 가 머물렀다. 원하던 일이 생기는 것도 좋지만 원치 않는 일이 일어나지 않는 것은 더 큰 행복일 수 있다는 걸 나는 그때 한 번 더 깨달았을지도 모른다.

내가 막 사십 세가 되었을 때 엄마와 이런 대화를 주고받았던 게 기억난다.

"인생에서 뭔가 선택할 수 있다면 엄마, 나는 결혼은 선택하지 않기로 했어. 그리고 지금처럼 글 쓰는 일 외에 어떤 직장을 갖거나 하는 것도."

그러자 엄마가 풀이 죽은 채 이렇게 말했다.

"그럼 지금보다 더 힘들어질지도 몰라."

"나도 알아. 하지만 글 쓰는 일에 더 집중하고 싶어."

"글 쓰는 거 말고 뭔가 빠져 지낼 수 있는 것도 찾아봐. 그래야 글 쓰는 일도 계속할 수 있을걸. 더 나이 들면 뭐든 지금 하는 것만큼 할 수가 없게 된다."

나는 엄마의 얼굴을 물끄러미 바라보았다. 내 말은, 살림을 책임지고 있는 엄마에게 앞으로도 내가 정기적인 생활비를 가져다 줄 수 없다는 의미를 포함하고 있다는 걸 누구보다 잘 알고 있는 엄마를. 그래도 글 쓰는 일을 포기하거나 다른 직업을 찾아보라거나, 글 쓰면서 할 수 있는 취직자리를 알아보라고 말하지 않는, 늙어 버린 엄마의 얼굴을.

하루 일을 마치고 내가 잠드는 시간은 오전, 엄마가 일어나는 시간도 오전. 잠들기 전 나는 안방에서 들려오는 엄마의 기도 소리를 듣곤 한다. 평생 엄마는 기도할 게 뭐가 그렇게나 많은 걸까 의아해하면서 나는 잠 속으로 빠져든다. 기도할 게 없는 사람은 희망을 갖고 있지 않은 사람이라는 엄마의 말이 사실인지 아닌지, 아직도 엄마의 희망은 나인지 아닌지 궁금해 하면서. 그러나 어쩌면 매일매일 기도하는 게 엄마가 이 삶을 버텨 나가기 위한 방법일지도 모른다고 짐작할 수 있는 건 나에게도 그런 게 있기 때문이다. 날마다 책을 읽고 생각하고 한 문장이라도 써보려고 노력해 보는 것.

떨어지는 힘으로도 날아오를 수 있다는 희망

가까스로 다시 작업실을 사용할 수 있게 되었다. 그 이전보다 더 나는 밖에 나가는 일을 줄이고 오후가 되면 작업실로 간다. 특별히 할 일도 해야 하는 일이 없어도 매일 그 공간으로 가서

사람은 떨어지는 힘으로도 서서히
날아오를 수 있는 놀라운 존재라는 거였다.


책을 읽고 아직 쓰지 않은 소설들을 떠올리곤 한다. 작가가 되고
싶다는 이십여 년 전의 희망은 이루었으나 단 한 편이라도 나의
기대를 넘어서는 소설을 써보고 싶다는 꿈은 아직 이루지 못했
다. 한 가지 일에 계속 빠져 있으면 당연히 갖게 되는 그런 꿈.
그러나 날마다 내가 하는 일은 남의 눈으로 보면 생산적으로 해
내는 것도 없이 하루하루 같은 일을 되풀이하는 사람처럼 보일

것이다. 나의 눈으로 나를 봐도 마찬가지다. 그러나 나는 이게 나의 삶이라고 생각하지 않을 수 없다. 같은 일을 묵묵히 반복해서 하는 것. 내 궁극의 희망은 나의 글쓰기나 삶이 멀리 나아가기를 바라는 것도, 지금보다 훨씬 좋아지기를 바라는 것도 아니다. 지금도 앞날을 떠올릴 때마다 불안에 사로잡히지만 나는 언제나 내일을 생각한다. 지금 내 희망은 어디에 놓여 있어야 하는가? 매일 질문한다. 희망은 '내일'에 있어야 한다. 그래야 지금처럼, 지금과 같이 아침을 기다릴 수 있게 될 테니까.

　희망이란 없다고 여겼던 시절에 내가 알지 못했던 것은 사람은 떨어지는 힘으로도 서서히 날아오를 수 있는 놀라운 존재라는 거였다. 희망을 버리지 않고 하루하루 살아간다면 때로는 솟구칠 수도 있는.

**조경란** 소설가

1969년 서울 출생. 서울예술대학 문예창작과 졸업. 1996년 〈동아일보〉 신춘문예에 단편 〈불란서 안경원〉이 당선되어 등단. 저서로는 소설집 《불란서 안경원》《나의 자줏빛 소파》《코끼리를 찾아서》《국자 이야기》《풍선을 샀어》《일요일의 철학》, 장편소설 《식빵 굽는 시간》《가족의 기원》《우리는 만난 적이 있다》《혀》《복어》, 중편소설 《움직임》, 산문집 《조경란의 악어 이야기》《백화점—그리고 사물, 세계, 사람》 등을 펴냈다. 문학동네작가상, 현대문학상, 오늘의젊은예술가상, 동인문학상을 수상하였다.

너와 나의
힐링
진료실

김소형
한의학 박사

   '희망' 하면 사람들은 아주 먼 미래의 거창한 포부나 대단한 기대감을 떠올릴지도 모른다. 하지만 나는 그저 소박한 것들이 먼저 떠오른다.

   희망이 '간절히 원하는 것'을 의미한다면 나 역시도 여자이기 때문에 당장 사고 싶은 옷이나 가방, 먹고 싶은 음식이나 가고 싶은 여행지, 도전하고 싶은 취미 생활을 포함시킬 수 있겠지만 그런 목록들보다 더 내게 가치 있는 것은 '사람'이다.

   그런 희망 리스트들 역시 사람들과의 관계를 위해 존재하는 것이기도 하니까 말이다. 누군가에게 더 예쁘게 보이고 싶어서

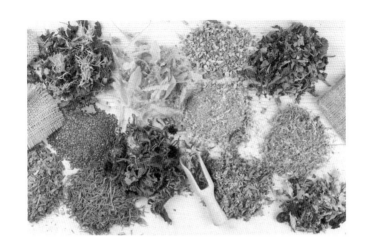

새옷을 사고, 혹은 누군가와 더 좋은 관계를 만들기 위해 좋은 장소에서의 식사를 꿈꾸며, 누군가와의 의미 있는 추억을 만들고 싶어 여행 계획을 세우게 되니까.

내 주위에서 나를 지켜봐 주는 사람, 나와 함께 삶을 나누는 사람들, 내가 좋아하고 사랑하는 모든 이들이 내 삶의 희망이다. 그들이 있어서 더 나은 삶을 꿈꾸고 그들이 있어서 더 힘차게 앞으로 나아가니 말이다.


주변 모든 이들이 내 삶의 희망

한의사가 된 후 내가 가장 많이 만난 사람은 단연 환자들이다.

한 번의 인연으로 끝난 경우도 있고 오랫동안 좋은 친구처럼 남아 있는 분들도 있다. 그러나 내게는 잠깐 만난 환자라 할지라도 내 인생의 소중한 페이지를 차지하고 있는 분들이다. 진료실에 들어오자마자 덥석 손을 잡으며 뵙고 싶었다고 하는 분들, 멀리 일본에서 내가 실린 잡지의 한 페이지를 스크랩한 후, 귀하게 챙겨서 나를 찾아 주는 분들, 진료 후 감사하다는 인사로도 모자라 따로 메일이며 편지로 감사함을 전하는 많은 분들까지…… 환자들이 내게 주는 감동과 기쁨은 그 어떤 것과도 바꿀 수 없다.

단순히 나를 좋아해 주고 신뢰해 주기 때문만은 아니다. 때로는 환자들에게서 귀한 정보와 따끔한 충고를 듣기도 하고 때로는 환자들을 통해 새로운 지식과 지혜를 배우기도 한다.

남자 환자들이 직장 생활의 고충이며 남편으로서의 힘겨움을 이야기해 줄 때면 나는 그들을 통해 내 남편의 마음을 이해하게 되고, 다양한 삶을 사는 사람들의 일상 이야기를 듣다 보면 세상 돌아가는 것을 피부로 느끼게 된다. 그러다 보니 내게 있어 진료실은 세상의 전부와 같은 공간이다. 한의사로서의 내 꿈을 이룬 공간이기에 항상 환자들과 소통하고 마주 대하는 그 공간에 있으면 절로 신이 난다. 의사인 나를 신뢰해 주는 환자들과 만나는 시간도 소중하고, 정성껏 진료해서 좋은 결과가 있었을 때의 기쁨과 보람도 크다.

　그런 내 삶에 변화가 생긴 것은 우연한 기회에 방송을 시작하게 되면서였다. 당시 방송에 나오던 한의사가 거의 없었던 때라 갑자기 이슈가 되고 많은 관심이 쏟아졌다.

　순풍하던 배가 갑자기 급물살을 탄 것처럼 잔잔한 내 일상의 흐름이 완전히 달라졌다.

　새로운 일이 주는 긴장감과 자극은 일상에 새로운 활력소가 되기도 했었다. 무엇이 됐든 내 앞에 놓인 일은 완벽히 해내고 싶어 하는 성격 덕분에 바쁜 시간을 쪼개어 그야말로 숨 돌릴 틈 없을 정도로 많은 일들을 했다.

병원과는 다른 새로운 환경에서 많은 방송 관계자들을 만나고 새로운 세상을 접하면서 즐겁기도 했고, 병원에서는 프로였지만 방송에서는 모든 것이 어렵기만 한 아마추어라 늘 긴장감을 늦출 수 없었다.

시선 처리 하나에도 신경이 쓰였고 낯선 방송 환경에 적응하느라 잠도 자지 못한 채 대본을 들여다보고 연습하는 날들이 많았다. 진료가 없는 날을 골라 다양한 방송을 소화하느라 그야말로 동에 번쩍, 서에 번쩍 해야 했다. 그렇게 쉬는 날도 반납하면서 모든 것을 다 해내려 했고, 방송 출연 후 늘어난 환자들을 보느라 이전의 진료와는 비교도 되지 않는 일정을 소화해야 했다. 방송으로 높아진 인지도 덕분에 강연 요청이 쇄도해 제주도는 물론이고 일본까지 오가면서 스케줄을 감당했다.

### 바쁜 일상 때문에 힐링이 필요했던 시간

그때를 생각하면 어떻게 그 많은 일들을 할 수 있었을까, 다시 하라고 하면 할 수 없을 것 같다는 생각이 든다. 그래서일까, 한바탕 회오리바람이 몰아친 것처럼 정신없는 시간들이 지나가고 방송과 강연, 진료를 오가는 생활들에 익숙해질 즈음 적신호가 켜졌다. 피로가 풀리지 않고 도무지 기운이 나지 않았다. '안색이 좋지 않네요' '살이 빠지신 것 같아요' '많이 피곤해 보이세

쳇바퀴 돌아가듯 꽉 짜인 스케줄에 맞춰 따라가다 보니
숨이 차고 휴식이 간절했다. '힐링'이 필요했던 것이다.

요'라며 사람들이 한마디씩 건네는 말들이 당시 상태를 대변해 주고 있었다.

쉴 새 없이 몰아치듯 이어졌던 일상들이 나도 모르는 사이 나를 갉아먹고 있었던 것이다. 게다가 바쁜 스케줄 탓에 진료만으로도 벅차, 내 삶의 전부인 가족들에게도 소홀히 하고 있었다. 남편이야 내 일을 존중하고 모든 것을 이해해 주기 때문에 문제 없었지만 딸아이가 느끼는 엄마의 빈자리는 결코 이해될 수 없는 부분이었다. 하루는 방송 스케줄 때문에 휴진일에 아이 얼굴도 제대로 보지 않고 급하게 나가려 하는데, 아이가 '엄마는 나보다 일이 더 좋아?' 라고 말하는 것이 아닌가. 얼마나 마음이 아프던지 차마 발길이 떨어지지 않아 혼났던 기억이 지금도 가슴 깊이 박혀 있다. 나 스스로도 아이에게 더 많은 시간을 할애하지 못하고 있다는 생각에 늘 가슴 한구석이 무거웠기 때문에 그 말이 더 아프게 들렸다. 더 좋은 교육을 받게 하는 것보다 더 많은 사랑을 주겠다는 것이 내 양육 철학이기 때문에 그런 마음이 더 컸다. 그리고 쳇바퀴 돌아가듯 꽉 짜인 스케줄에 맞춰 따라가다 보니 숨이 차고 휴식이 간절했다. '힐링'이 필요했던 것이다.

곰곰이 생각해 보면 진료 일정만으로도 빡빡한데 쉬는 날까지 방송이며 강연을 하느라 주위를 돌아볼 새 없이 지냈던 것이다.

지나치게 빨리만 가고 있었던 것이다. 속도를 조금 늦추면 더 많은 세상을 내 안에 담을 수 있는데 말이다. 여행을 할 때도 비행기를 타고 가면 시간은 절약될지 몰라도 가는 동안의 풍경들은 모두 놓치게 된다. 하지만 기차를 타고 가면 창밖의 모든 풍경과 사람을 내 안에 담을 수 있다. 이것저것 일에만 빠져 있다 보니 소중한 많은 것들을 놓쳤던 것이다.

이대로는 안 되겠다 싶었다. 그래서 말 그대로 나 자신을 충전하기 위한 시간을 가졌다. 방송과 강연을 대폭 줄였고, 가족과 함께 여행을 하면서 나 자신을 다독이는 시간을 가졌다. 많은 책을 읽고 맛있는 음식을 먹고 실컷 잠도 자고 딸아이와 별것 아닌 주제로 수다를 떨면서 데굴데굴 구르며 웃어 보기도 했다. 그런 시간들을 가지면서 조금씩 예전의 활력과 에너지가 되살아나기 시작했다. 어린 시절 엄마가 해주는 집밥은 늘 당연한 것이었기에 그 고마움을 몰랐듯, 아버지가 주시는 사랑이 당연한 것이라 느꼈기에 그 따뜻함을 잊고 지낸 것처럼 나 역시 어느 순간부터 내 주위에 존재하는 모든 것들이 당연한 것이라 여겨졌는지도 모른다. 주어지는 모든 것들이 당연해지면 그 고마움과 소중함을 쉽게 잊어버리는 것이 사람의 마음이다. 내가 가장 좋아하는 '사람'들이 늘 주위에 있다는 사실을 일에 치여 지내면서 잊고 있었던 것이다.

### 내 주위를 찬찬히 돌아보며 다시 찾은 행복

내 주위에 나를 좋아하고 믿어 주고 품어 주는 사람들을 다시 찬찬히 돌아보게 되면서 나는 다시 행복해졌다. 가족뿐만이 아니라 환자들 역시 마찬가지였다. 방송이나 강연으로 빼앗겼던 시간들을 좀 더 투자해서 환자들과의 만남 시간에 집중했다. 어떤 사람들은 매일 아픈 환자들을 대하다 보면 짜증이 날 때도 있고 피로와 스트레스도 많지 않냐고 물어본다. 전혀 그렇지 않다고 한다면 거짓말일 것이다. 나 역시도 사람인지라 많은 환자를 상담하고 나면 지칠 때도 있고 때로는 스트레스를 받기도 한다. 하지만 그것은 환자들 때문이 아니라 나 자신에 의해서이다. 어떻게 하면 좀 더 환자분들에게 좋은 결과를 줄 수 있을까, 조금 더 깊이 상담하고 더 많은 도움을 드릴 수는 없을까, 하는 마음에서 비롯되는 것이다.

환자들이 내게 주는 기쁨은 크다. 몸이 아파서 오는 분들은 마음까지도 상처를 입고 오시는 경우가 많다. 때문에 아주 사소한 관심과 애정에도 크게 기뻐하시고 만족해하신다. 특히, 환자를 치료할 때 가장 중요한 것은 환자와의 신뢰라고 생각한다. 환자는 의사를 믿고 병원을 찾지만 나는 환자를 믿는다. 치료는 의사가 하는 것이 아니라 환자 스스로가 해내는 것이며 의사는 환자 스스로가 해낼 수 있도록 돕는 역할을 하기 때문이다. 그래서 상

담 시간이 자꾸 길어진다. 환자의 모든 것을 알아야 환자에게 가장 맞는 처방이 가능하기 때문이다. 때로는 질환과 관련 없는 여담을 나누며 하하, 호호, 깔깔 댈 때도 많다. 찜질방에서 만나 편하게 수다를 떠는 것처럼 이야기를 나누다 보면 진료실에 들어올 때와는 달리 환하게 웃으며 나가는 환자들이 많고 그럴 때면나 또한 큰 상이라도 받은 것처럼 좋다.

다시 사람들 곁에서 희망을 본다

이제 나는 다시 사람들 곁에서 희망을 본다. 작은 진료실 안이 내게 가장 자유롭게 날 수 있는 공간이며 가장 멋지게 내 능력을 펼치는 공간이며 가장 많은 이야기를 듣고 세상과 소통할 수 있는 공간임을 이제는 매순간 느끼고 있다. 암으로 투병하는 와중에도 노래하고 싶다는 희망을 꿈꾸며 오디션 프로그램에 참가했던 임윤택의 이야기를 딸에게 들은 적이 있다. 결국 그가 속한 팀은 오디션에서 1등을 했고, 임윤택은 인간 승리, 기적 같은 삶을 만들어 낸 대표적인 인물로 떠올랐다. 인기도 얻고 결혼까지 하고 아이까지 낳았다고 한다. 그렇게 기적을 만들어 낸 사람이 얼마 전 병을 이기지 못하고 결국 세상을 떠났다. 그는 생전에 아픈 것보다 무대에 설 수 없는 것이 더 큰 고통이라 말했다고 한다.

그의 말이 가슴에 깊이 새겨진다. 그가 암으로 받는 고통보다 무대에 서지 못하는 것을 더 큰 고통으로 여겼듯, 사람은 누구나 가장 소중한 희망을 품고 살아간다. 나 역시도 내 가족이 있는 집, 그리고 환자들이 나를 만나기 위해 찾아오는 진료실이 희망의 공간이며 무대이다. 놓치고 싶지 않은 그 희망을 나도 꼭 붙들고 소중히 여기며 살아가고 싶다.

## 김소형 한의학 박사

'한의학의 웰빙화'를 통해 많은 국민들의 사랑을 받아온 '건강보감' 주치의. 여자의 몸과 마음을 속속들이 잘 아는 여성 전문 한의사이다. 1993년 우석대학교 한의학과에 재학 당시, 미스코리아 대회에 나가 미스 서울로 뽑히기도 했다. 또한 MBC, KBS, SBS, EBS의 주요 건강 프로그램에 고정 출연해 왔으며, 대학과 기업, 정부 기관 최고의 초청 연사, 의학 전문 칼럼니스트로 활약하면서 한의학적 지식을 널리 알리고 있다. 현재 아미케어 '김소형한의원'에서 환자들을 진료하고 있다. 저서로는 《자연주의 한의학》《CEO 건강보감》《꿀피부 시크릿》《김소형 원장의 건강 다이어트》 등이 있다.

2장

사람만이
희망이다

# '고통의 학교'에서
# 수련을 받고
# 부르는 희망

이해인

수녀 · 시인

아픔 속에 더 크게 들려오던 희망의 음성

눈물 속에 더 밝게 빛나던 희망의 얼굴

잊을 수 없습니다

고맙습니다

오늘은 그동안 내가 산책길에 따서 모은 꽃잎들로 카드를 만들었습니다. 약간은 빛이 바랜 벚꽃잎. 아직도 빛깔이 선명한 분꽃잎과 장미꽃잎, 그리고 책갈피마다 들어 있을 만큼 많이도 모아둔 네잎 클로버들을 보니 어찌나 반가운지 잠시 고요히 생각에 잠겼습니다.

말린 꽃잎들 위로 내가 투병 중에 견디어 온 시간들이 웃으며 지나갔습니다. 나에게 힘과 용기를 주었던 친지들의 얼굴들도 웃으며 지나갔습니다.

몸에 좋다는 식품, 영혼을 치유해 준다는 음악, 운동할 때 신으면 좋다는 신발, 위로천사 역할을 해줄 거라는 인형들, 잠자리를 편하게 해줄 거라는 이불과 베개와 잠옷, 좋은 그림과 책들과 편지와 엽서 등등 온갖 종류의 선물을 보내 주고, 보이지 않는 기도로 응원과 격려를 아끼지 않으신 많은 분들에게 나는 어떻게 감사해야 할지 모르겠습니다. 보호자 수녀까지 곁에 두어 병원 생활을 잘하도록 도와준 수도공동체에도 나는 사랑의 큰 빚을 졌습니다.

### 힘들어도 깨어 있으라

어느 날 갑자기 나를 덮친 암이라는 파도를 타고 다녀온 '고통의 학교'에서 나는 새롭게 수련을 받고 나온 학생입니다. 세상을 좀 더 넓게 보는 여유, 힘든 중에도 남을 위로할 수 있는 여유, 자신의 약점이나 실수를 두려워하지 않는 여유, 유머를 즐기는 여유, 천천히 생각할 줄 아는 여유, 사물을 건성으로 보지 않고 의미를 발견하며 보는 여유, 책을 단어 하나하나 음미하며 읽는 여유를 이 학교에서 배웠습니다. 아직도 수련 중이긴 하지만 이 학교에서 다시 보는 세상은 얼마나 더 감탄할 게 많고 가슴 뛸 일이 많은지요. 사람들은 또 얼마나 아름답고 정겨운지요.

치유를 원하는 환자임은 틀림없는 사실이지만 '아픈 것을 낫게 해 달라'는 기도를 하기는 왠지 민망하여, 나는 오히려 다른 환자 분들을 위한 기도를 더 많이 하려고 애썼습니다. 감사만 하기에도 부족을 느끼는 나에게 친지들이 문병을 오면 하나같이 말보다는 더 깊은 눈빛으로 말하는 것을 느꼈습니다. 그것은 '힘들어도 희망을 버리지 말고 깨어 있으라'고 재촉하는 사랑의 언어였으며 '함께 아파 주지 못해 미안하다'는 연민의 기도였습니다.

몸은 많이 아프고 마음으로는 문득문득 두려움과 불안을 느끼는 순간에도 나는 이상하게 눈물은 한 번도 흘리지 않았습니다. 모차르트나 앙드레 가뇽의 음악을 듣거나 해 아래 빛나는 나무들을 보거나 해질 무렵 기도하는 수녀들의 뒷모습을 바라보며 눈물 흘린 일은 있어도, 자신에 대한 연민에 빠져 울지 않은 것만도 참 다행이라며 스스로를 종종 칭찬해 주었습니다.

### 희망은 깨워야만 달려오는 것

살아온 기적이 살아갈 기적이 됨을 삶으로 보여 주며 죽는 날

어느 날 갑자기 나를 덮친 암이라는 파도를 타고 다녀온 '고통의 학교'에서
나는 새롭게 수련을 받고 나온 학생입니다.
아직도 수련 중이긴 하지만 이 학교에서 다시 보는 세상은 얼마나 더 감탄할 게
많고 가슴 뛸 일이 많은지요. 사람들은 또 얼마나 아름답고 정겨운지요.

까지 희망에 대해 말했던 장영희 교수의 애장품인 고운 시계가 있는 방, 암에 걸린 것을 무슨 벼슬인 양 자랑하며 웃었던 화가 김점선의 그림들이 있는 방, '나도 수녀님처럼 생각을 아름다운 시로 표현할 수 있으면 참 좋을 텐데……' 하시던 김수환 추기경님의 사진이 있는 방, 이 방에서 글을 쓰려니 새삼 다정했던 그분들의 생전 모습이 떠오릅니다. 아무도 예측할 수 없는 나의 그날은 언제일 것인가? 미리 헤아려 보게 됩니다.

유난히 이별이 많았던 날들이 지나고 다시 새해가 밝았습니다. 아침에 잠이 깨어 옷을 입는 것은 희망을 입는 것이고, 살아서 신발을 신는 것은 희망을 신는 것임을 다시 절감하는 요즘입니다. 전에는 그리 친숙하게 여겨지지 않던 희망이란 단어가 퍽 새롭게 다가오는 날들입니다. 희망은 저절로 오는 것이 아니라 내가 불러야만 오는 것임을, 내가 조금씩 키워 가는 것임을, 바로 곁에 있어도 살짝 깨워야만 신나게 일어나 달려오는 것임을 다시 배워 가는 날들입니다.

자면서도 깨어 있는 희망, 죽어도 부활하는 희망

앞으로 나에게 어떤 일이 생길지 알 수 없으나 우선은 최선을 다해 투병하고 나머지는 하늘에 맡기는 심정으로 작은 희망을 잃지 않으려 합니다.

아침에 잠이 깨어 옷을 입는 것은 희망을 입는 것이고, 살아서
신발을 신는 것은 희망을 신는 것임을 다시 절감하는 요즘입니다.

　자면서도 깨어 있는 희망, 죽어도 부활하는 희망을 꿈꾸며 나의 또 다른 이름이 작은 희망일 수 있기를 겸손되이 기원하며 병상에서 쓴 시 한 편을 다시 읽어 봅니다.

　나는 늘 작아서 힘이 없는데
　믿음이 부족해서 두려운데
　그래도 괜찮다고
　당신은 내게

말하는군요

살아 있는 것 자체가 희망이고

옆에 있는 사람들이

다 희망이라고

내게 다시

말해주는 나의 작은 희망인 당신

고맙습니다

그래서 오늘도 나는 숨을 쉽니다

힘든 일 있어도 노래를 부릅니다

자면서도 깨어 있습니다

― 《희망은 깨어 있네》, 서문

## 이해인 수녀 · 시인

1945년 강원도 양구 출생. '올리베따노 베네딕도 수녀회' 소속으로서 1968년에 첫 서원을 하였고, 1976년에 종신 서원을 하였다. 1976년 첫 시집 《민들레의 영토》를 펴낸 이래 11권의 시집, 8권의 수필집, 8권의 번역집을 펴냈다. 1980년대 시의 대중화 시대를 열었다는 평가를 받고, 수도자로서의 삶과 시인으로서의 사색을 조화시키며 위로와 희망의 메신저 역할을 하고 있다. 시집으로 《민들레의 영토》《내 혼에 불을 놓아》《오늘은 내가 반달로 떠도》《시간의 얼굴》《외딴 마을의 빈집이 되고 싶다》《희망은 깨어 있네》《작은 위로》《작은 기쁨》, 산문집으로 《두레박》《꽃삽》《사랑할 땐 별이 되고》《향기로 말을 거는 꽃처럼》《꽃이 지고 나면 잎이 보이듯이》 등이 있다.

# 사람이
# 희망이다,
# 살아 있음이
# 희망이다

유안진
시인 · 서울대 명예교수 · 대한민국예술원 회원

사람! 삶의 줄임말이자 최고의 희망

재산도 많고 아들도 셋씩이나 있어 부러울 것 없는 부자가 있었다. 그는 교만한 나머지 며느리들 이름을 막 부르는 시아비로 소문이 나, 아무도 이 못된 집에 딸을 시집보내지 않았다. 막내아들은 늙어 가고, 고민에 빠진 이 집에 한 처녀가 자원했다. 부모와 주위의 반대에도 불구하고 그 집으로 시집을 갔고, 첫날 아침 시아비에게 아침 인사를 올리러 들어가니, 아니나 다를까, '아가, 네 친정에서 널 무어라 불렀느냐?' 라고 묻지 않는가? 올 것이 왔다고 여긴 새 며느리는 단단히 마음먹은지라 다소곳이 대답했다.

"지는 이름이 하도 얄궂어서요."

이 말에 호기심이 발동한 시아비는 재촉했다.

"괜찮다, 어디 한번 들어보자."

"친정아버님이 벌레를 좋아하셔서 저희 세 자매를 다 벌레 이름으로 부르셨사와요."

며느리의 말에, 시아비의 호기심은 극에 달해 무릎걸음으로 다가앉으며 채근했다.

"그래서?"

"큰언니는 바구미고요, 둘째언니는 노래기라 부르셨는데, 지는…… 하도 고약해서 차마…….”

말을 잇지 못하고 고개를 숙이자, 더욱 재미난 시아비는 새 며느리의 어깨까지 도닥거리며 채근했다.

"허허 사돈어른은 취향도 특별하시구나. 식구끼리 해괴할 게 뭐냐?"

"지는 쥐며느리라고 부르셨사와요."

막내며느리의 이 말에 시아비는 얼음물을 뒤집어쓴 듯 아찔했다. 새 며느리의 이름을 부르면 자신은 쥐새끼가 되니 말이다. 이 지혜로운 며느리는 시아비 버릇도 고치고, 집안 식구들의 행신 법도를 바로잡아 명문가를 이루었단다.

### 살아 있어야 복수도 사랑도 가능하다

사람! 사람에게 넌덜머리 나면 사람이 얼마나 혐오스럽던가마는, 그래도 사람 세상에 살아야 하는 삶의 문제는 사람만이 해결하게 된다. 신<sup>神</sup>도 사람을 통해 해결하게 하신다. 사는 것! 너무너무 지긋지긋해, 그만 살고 싶어, 다시는 사람으로 태어나지 않고, 더 이상 사람과 살고 싶지도 않아. 그럼에도 살아야만 삶에 복수할 수 있지 않나. 살아 있어야만 삶이라는 것을 증오도 하고 사랑도 하지 않나. 하루에 몇 번씩 사람이 싫고 사람 아니고 싶고, 더 이상 살고 싶지 않다가도, 그럼에도 사는 듯이 살아봐야겠다는 오기와 독기가 죽 끓듯 하는 변덕이 사는 것 아니던가. 《동몽선습童蒙先習》 첫 구절에는 천지만물 중에 인간이 가장 존귀하다고 한다. 이유인즉 오륜五倫을 알기 때문이라고 했다. 부자유친·군신유의·부부유별·장유유서·붕우유신이 사람 사는 근본이라고.

사람이어야 하고 살아야 한다. 《효경孝經》의 첫 구절에는, 신체의 모든 터럭과 피부 등은 부모로부터 받은 것이니, 이를 훼손하지 않음이 효도의 시작이라고 했다. 내 몸 소중히 여겨 다치지 않는 것이 부모에게 최대의 효도이며, 국가 사회를 위한 공헌의 첫걸음이란다. 심신이 건강한 국민이 많은 나라가 부강하고 희망적인 국가이니까.


### 서까래감 아들도 기둥감 딸도 있다

재산이 많으면 부자라지만, 자녀가 많은 집은 더 부자라고들 했다. 자녀가 아무리 많아도 인간 망종들이면 그 집은 망한다고 했다. 그래서 자식은 '낳은 자랑이 아니라 키운 자랑'이라고 했다. 지요막여교자至要莫如教子, 즉 인간 삶에서 자식 잘 키우는 것인간답게 가르치는 것보다 더 중요한 일은 없다고 했다. 빌딩 100채보다 성실한

자녀들이 많은 집이 최고의 희망이다.

딸이든 아들이든 자식을 제대로 키워야 희망 있는 집안이다.

자식이 있는 집이 더 부자이다. 자식 농사가 최고 농사라고 했다. 아들만이 자식은 아니었다. '내 딸이 반달 같아야 온달<sup>보름달</sup> 같은 사위 얻는다'고 했고, '서까래감 아들도 있고 기둥감 딸도 있다'고 했다. 보잘것없는 집에 시집가서 시댁을 일으키는 며느리가 있고, 만석꾼 부잣집에 시집가서 집안 말아먹는 며느리도 있다고, 귀에 딱지가 앉도록 들으며 자랐다. 찢어지게 가난하고 도박꾼 시아비에다 파락호 남편에게 시집와서도, 시아비와 남편과 자식들을 반듯한 사람으로 감동 변화시켜 시댁 가문을 일으키는 며느리도 많았단다.

예부터 우리나라는 며느리가 집안의 기둥이어서, 아내는 집안의 태양<sup>太陽</sup>, 즉 '안해'라고 했다. 딸이든 아들이든 자식을 제대로 키워야 희망 있는 집안이다. 가축이 아무리 많아도, 곡간이 아무리 넘쳐나도, 가족이 사람답지 못하면 하루아침에 무너지는 집이 된다. 개별 집안이 모여 국가 사회가 되니까 국가도 마찬가지다.

### 자식을 제대로 키워야 희망 있는 집안

자녀들이 많은 집이 최고의 희망이다. 자식들이 여럿이면, 잘난 녀석 못난 녀석, 이런 직업 저런 직업으로 그들 장래가 양양하다. 학교 공부만 인간을 만들진 않는다. 조숙하여 공부 잘하는 아이가 있고, 뒤늦게 철들어 엉뚱한 일로 성공해서 국제적인 인물이 되기도 한다. 《해리 포터》를 쓴 조앤 롤링 같은 작가가 다섯만 있으면 세계적인 부자 나라일 거다. 노벨상의 3분 1을 타낸 이스라엘은 우리의 강원도 땅만 한 국토이지만, 신의 축복을 넘치게 받은 소강국으로 다들 유대인을 배우려 든다. 돈 많고 명문학교 나와야 희망인 시대는 지나갔다. 다양한 가치를 존중하는 다원화 시대이다. 싸이 같은 인물이 쏟아져 나온다면 진정으로 희망찬 나라이다. 세계가 한국어를 배우려고 할 것이니, 영어 단어나 수학 해답을 더 많이 알아야 희망 있는 학생은 아니다. 각자 다르게 타고났으니 각자 좋아하는 일 찾도록 기다려 주고 격려하고, 끈기를 키우게 하면 인류를 위한 발명, 발견의 최고 성공자가 될 테니 말이다.

최고의 미장이는 3류 철학자보다 훌륭하고, 최고의 요리사는 국민 건강의 공로자이다. 최고의 굴뚝 청소부는 공해 추방의 공로자다. 무엇에나 최고급에 이르면 저절로 그 인품도 훌륭해진다. 옛날 강태공은 고기잡이를 하다가, 이윤(伊尹)은 요리를 하다가, 부열(傅說)은 도로 공사 인부 일을 하다가, 각기 주나라의 문왕과 은나라 탕왕과 고종 같은 현명한 임금에게 발탁되어, 재상에 오르며 나라를 잘 다스렸다. 영양과 맛 등 조화 있는 음식을 만드는 요리사는 국가일도 조화 있게 다스린다고, 무너지지 않는 도로

스페인이 낳은 세계적 건축가 가우디의 건축 예술

를 만들 줄 아는 도로 인부는 나라일도 무너지지 않게 잘 설계하
고 실천하여 다스린다고 믿었다. 만고의 진리다.

　스페인이 낳은 세계적 건축가 안토니 가우디는 가난해서 시골
건축 학교만 다녔다. 그럼에도 그는 아무리 여러 나라들이 거액

삼중 장애를 가진 자신이야말로
'신의 최고 작품'이라 말한 헬렌 켈러

을 준다 해도 제 고향 바르셀로나에서만 작품을 건축했다. 지금
바르셀로나 시민을 먹여 살리는 이는 안토니 가우디다. 바르셀
로나 이외의 세계 어디에서도 가우디의 작품을 볼 수 없다. 이렇
듯 제대로 된, 생각이 반듯한 사람이 최고 희망이다. 더 나은 희
망은 없다.

신은 인간에게 각자에 맞는 재능을 한두 가지씩 주셨다. 눈에

보이는 것만이 전부는 아니고, 지금 당장만이 인생의 전부는 아니다. 인생 100년! 실패는 성공의 어머니요, 성공에 반드시 실패가 자주 끼여 주어야 한다. 성공의 필수 조건은 실패이니까. 미래에는 무재능이 최고의 재능이 되는 시대가 될 수도 있다.

### 인간은 상품 아닌 作品

비교하지 말자. 시력 청력 다 잃고 말조차 못하는 삼중 장애인 헬렌 켈러는 '인간은 신의 작품'이라고 했다. 비교 당하고 선택받는 상품商品이 아니라, 창조자가 인간 각자를 유일무이하고 독특하게 만드신 '유일무이한 작품'이라고. 더 예쁘고 더 부자이고 더 말 잘하는 사람을 선택하기 위해 비교하지 말라고, 삼중 장애를 가진 자신이야말로 아무도 대신할 수 없는 신의 최고 작품이라 깨닫고, 선언하고 그렇게 노력하며 살았다.

선택받지 못한 그이가 최고의 작품으로 가장 값진 인생을 살수 있음은, 우리 각자가 자기 스스로에게 부여하는 가치 여하에 좌우된다. 젊어 미인으로 교만하던 그녀가 초라하고 추하며 괴팍한 늙은이가 되기도 한다. '나는 내가 낳는다.' '내가 만든다.' 인생을 어떻게 살아왔느냐에 따라 미모가 결정된다. 천박한 미모는 마귀보다 험상궂다. 못났음에도 당당했던, 못났음의 덕을 볼 줄 알았던 알영閼英은 박혁거세의 왕비가 되었다. 아름다움

이란 말과 행동에서 풍겨나는 인격이지, 교만한 자화자찬 자기
도취는 아니니까. 나이 들수록 딱 집어 말할 수 없이 우아한 기
품을 풍기는 그이가 진정 미인이고 신사이다. 보이는 것들로 단
순 비교하지 말자. 못생김이 최고의 매력이 되고 무재주가 무한
재주와 더 무한 희망이 되도록, 스스로에게 선언하고 명령하고
노력하자. 초기에 성공한 이들이 교만하여 노력하지 않아 나중
에는 초췌한 실패자가 되어 '옛날에 내가 무엇이었는데'라며 옛
날 자랑하는 꼴불견이 되지 말자.

천하의 파락호 부모들도 아들딸들이 주렁주렁 자라 주면, 사람들은 그 자식들 때문에 그들 부모를 홀대하지 못했고, 노름꾼 술주정뱅이 부모도 커 가는 자식들이 두려워서, 나쁜 행동을 고치는 일이 많아 '호랑이보다 무서운 게 자식'이라고 했다.

인간이 되도록 키우는 것이 가장 위대한 희망 사업

인도나 중국은 국토도 광활하지만, 인구가 많아 국력이 신장되고 있다. '산 사람 입에 거미줄 치랴' '제 먹을 것 타고<sup>갈고 태어</sup>난다'는 속언은 얼마 전까지도 들을 수 있는 말이었다. 아들딸 구별 없이 자녀가 많으면 최고의 희망이다. 인력이 국력이다.

인간이 되어야지, 명문 대학생 되는 게 중요하지 않다는 것도 잘 알고는 있다. 늦게 철드는 자식도 있고, 떡잎부터 다른 자식도 있다. 열 자식이 있으면 열 가지 서로 다른 방식으로 자라고 성공한다. 잘못되던 자식도 형제들끼리 부대끼느라 가정이라는 작은 사회에서 생존하는 방법을 터득하게 되고, 경쟁과 협동의 가치와 방법을 배우며 인간이 되어 간다. 중요한 것은 돈 잘 버는 게 아니라, 더불어 경쟁과 협동을 조화시킬 줄 알고 질투와 양보의 때와 장소를 가릴 줄 아는 사람됨이 더 중요하다. '작인<sup>作</sup><sup>人, 인간</sup>이 되어야지', 인간! 그 인간이 되도록 키우는 대업이 부모의 가장 위대하고 힘든 사업이다. 어떤 실패와 어떤 비난에도 살아내는 배짱과 용기와 집요함, 멀리 내다보는 긴 안목을 가진 인간으로 키우기는 실로 힘들지만, 그래서 가장 가치 있는 미래를 보장하는 희망 사업 아닐까. 가난해도 자식들 잘되면 그 부모는 늘 신나고 살맛난다. 피카소는 자기보다 못한 친구를 늘 부러워했는데, 친구의 자식들이 잘 자랐기 때문이라고 했단다.

## 인류 보편적 가치가 최고의 희망

독불장군 식으로 저 혼자서가 아니라, 더불어 비비대며 앞서다가 뒤지다가, 나란히 가지런히, 끌어 주고 밀어 주고 어깨동무해 가며 함께 살아가면, 더 오래 걸리지만 더 멀리까지 더 크게 성공할 수 있다. 인간 존중, 우정, 나눔, 협동, 양보의 가치, 함께 사는 중요성, 어리석음이 지혜로움이고 지는 게 이기는 것……등등, 가족과 국가 사회와 국제 사회라는 공동체 삶의 태도와 의식 교육이 진정한 미래 교육인데, 이 또한 얼마나 힘이 드는가. 어떤 불행과 불운에도 무너지지 않고, 무너졌다가도 털고 일어나, 긍정적이고 긴 안목으로 웃으며 살아내는 불굴의 저력을 갖자면, 면역력을 키워 주는 작은 불행과 불운을 자주 겪어내야 한다. 불운과 불행과 고통만이 이 위대한 선물을 안겨 준다.

'지자약우(智者若愚)'라 했다. 진정한 지혜는 어리석은 듯 보여, 선조들은 자식의 이름에 어리석을 우(愚) 자를 넣었다. 희망은 늘 못

멀리 내다보는 긴 안목을 가진 인간으로 키우기는 실로 힘들지만,
그래서 가장 가치 있는 미래를 보장하는 희망 사업 아닐까.

나고 어리석고 미련한 듯, 느리고 어눌하게 사는 데서 더 잘, 더 크게, 더 단단하고, 더 깊게 뿌리내려 성장한다. '유약 승 강강柔弱勝强剛'이라는 노자의 《도덕경》 속 말처럼 약한 듯 양보하고 질 줄도 알아야 강자를 이긴다. 지는 것이 이기는 길인 줄도 알고, 그런 때와 장소를 변별하고 행동할 줄도 알자고. 얼핏 숙맥 바보인

듯 보일지라도 조급해하지 말고 여유 있게 느긋하자고. 초기에 앞뒤좌우 안 가리고 성취할 것 다 이루고는, 늙기도 전에 건강도 우애도 우정도 다 잃고 망치는 이들을 보며 경계하자고. 늦어지는 것, 손해 볼 줄도 알고, 밑질 줄도 알고, 밑지면서도 돕고 양보할 줄 알고, 기분 나쁜 모욕도 가벼운 웃음거리로 참아 줄 줄도, 반전의 웃음거리로 치부해 버리는 유머와 위트 감각으로 이루어진 탄력 있는 깊고 광활한 큰 가슴도 키우자면, 많이 자주 당하고 손해보고, 그럼에도 용서하고 이해하는 다양한 체험을 치러내야 한다. 고통과 불운은 축복의 통로이고 인생 역전의 기회이니까, 어떤 난관에도 희망을 잃지 않고 더 큰 희망으로 더 탄탄하게 살아가는 자기만의 삶의 방법이라고 하자. 타인들의 평가를 무시하자. 참고는 하되, 맹종하진 말자.

'칠전팔기七顚八起'라 했고, '최후의 웃음이 진정한 웃음'이라는 서양 격언을 새겨 보자. 성급하게 판단하고 재단하여 함부로 평가하지 말자.


### 내 삶만이 나를 창조한다

교황청 베드로성당의 천장에는 야훼와 아담의 검지손가락이 맞닿은 듯 아닌 듯 그려져 있다. 전광석화의 찰나에 천지창조주 야훼의 창조 능력이 검지를 통해 아담에게 전해졌음을 표현한

거장 미켈란젤로의 신앙이자 신비이다. 신은 인간을 자신의 모습과 닮게 빚었으므로 창조는 오로지 사람만이 신으로부터 받은 능력이다. 살아 있는 사람만이 창조할 수 있다. 무수한 실패 끝에 불치병은 정복되고 있고, 우주 정복을 눈앞에 둔 시대가 사람이 가진 창조 능력의 증거 아닌가.

삶은 사람의 창조 과정이며 실패 없이는 불가능한 것이다. 책상과 벽에 '실패는 성공의 어머니'를 써 붙였던 시대가 있었다. 남편의 실직으로 아내의 능력이 계발되었고, 계속되는 낙방이 더 큰 기회를 포착하게 된 경우도 많았다. '살고 봐야 한다' '희망은 산 자의 것이다' '산 개가 죽은 정승보다 낫다' 등등 무수한 속언은 장구한 세월을 거치며 참혹한 전란을 무수히 겪어낸 끝에 더 나은 삶을 창조해 낸 이들의 체험에서 태어난 격언인 것을. 살아 있음 그 자체보다 더 큰 희망은 없다. 아무리 힘들어도 세월이 약이고 세월이 해결해 준다. 세월에 맡겨 버리는 것이 최선의 방법일 수도 있더라. 나만이 나의 희망이고, 내 삶만이 나를 창조해 낸다.

수모와 치욕과 능욕이야말로 소중한 재산. 인생 100년인데, 지금 좀 잘못되었어도 살아 있는 한 실패는 꼭 전화위복轉禍爲福이 되니까. 50~60년쯤 경험 얻은 뒤에 성공하면 더 위대하고 더 멋진데, 어린 날에 반짝 성공으로 후기 인생을 망치지 말라고 대기만성大器晩成이란 말이 생긴 것. 자녀 이름자에 늦을 만晩을 넣어 짓는 부모 조상들은 얼마나 현명한가. 나는 신동神童을 믿지 않으며, 대기만성大器晩成을 더 좋아하고 더 믿고 존경한다.

인생은 무수한 실패가 만들어 낸 걸작품

인생은 실패가 만들어 낸 걸작품, 집요하고 성실한 대가이지 타고난 재주나 요행은 아니니까. 하늘도 개천에서 용 된 이들을 명문 대가 자손보다 더 사랑하시고, 수재보다 성실한 둔재를 더 지원하신다. 나는 내가 만든다. 건강도 얼굴도 품위도 인격도…… 나만이 나를 만든다.

인생 100년 시대이고, 100인 100색의 희망과 성공이 진정한 희망과 성공이다. 남들과 다른 나만의 희망으로, 내 삶이 내 작품이 되도록 하자고. 내 희망은 누구의 희망과 달라서 나에게만은 최고이니까. 지금 능멸과 모욕에 가슴 치거든 '원수가 있어야 성공한다'는 속언을 되씹자고. 나 잘되는 게 원수 갚는 것이니까. 나를 나만의 작품으로 만드는 데는 한 100년쯤 걸릴 테지만, 나에겐 나 이상의 희망이 없고, 내 인생은 나 자신이 만드는 유일무이한 작품이니까, 그 누구의 무엇과도 비교 불가능한 명품이 되도록 하자. 어떤 어려움에도 살아내는, 살아 있음이 희망인 것을.

**유안진** 시인 · 서울대 명예교수 · 대한민국예술원 회원

1941년 경북 안동 출생. 서울대학교 사범대학 및 동 대학원에서 교육심리학을 전공했고, 미국 플로리다주립대학교에서 박사학위 취득. 1965년 《현대문학》으로 등단. 첫 시집 《달하》를 비롯하여, 《봄비 한 주머니》《다보탑을 줍다》《거짓말로 참말하기》《둥근 세모꼴》《걸어서 에덴까지》 등 총 16권의 시집과 《세한도 가는 길》《나는 내가 낳는다》 등 다수의 시선집과 《지란지교를 꿈꾸며》《우리를 영원케 하는 것은》《축복을 웃도는 것》《딸아 딸아 연지딸아》 등 다수의 수필집, 《바람꽃은 시들지 않는다》《다시 우는 새》《땡삐 1~4권》 등 장편소설을 펴냈다. 한국시인협회상, 정지용문학상, 소월문학상특별상, 이형기문학상, 구상문학상, 유심작품상, 월탄문학상, 한국펜문학상, 윤동주문학상, 한국간행물윤리위원회상 등을 수상했다. 현재 서울대학교 명예교수이며 대한민국예술원 회원이다.

# 희망이라는
# 만병통치약

손석한

정신건강의학과 전문의 · 의학박사

'희망hope' 이라는 단어만큼 우리 생활에 활력소를 주는 말은 아마 세상에 없을 것이다. 지금 당장 몸이 고달프고 생활고에 찌들어 힘들어하면서도 미래에 대한 희망, 즉 앞으로 더 나아질 것이라는 예상과 무엇인가를 이루어 얻고자 하는 기대 때문에 우리는 다시 웃을 수 있다. 희망이란 하나의 생각일까, 아니면 감정의 한 부분일까? 사전을 찾아봤다.

첫째, '앞일에 대하여 어떤 기대를 가지고 바람' 이라고 설명되어 있다. 둘째, '앞으로 잘될 수 있는 가능성' 이다.

그렇다면 분명히 하나의 생각, 즉 사고의 영역이다. 사람들이

'희망을 가지십시오!'라고 말할 때 미래에 대한 기대 혹은 잘될 가능성을 가지라는 뜻이기에 한마디로 긍정적이고 좋은 예상을 하시라는 말씀이다. 그렇다면 과연 희망은 생각의 범주에만 속할까? 그렇지 않다. 희망은 '기쁨'이라는 긍정적 감정을 유발할 뿐더러 '웃음'이라는 긍정적 감정 표현까지 만들어 낼 수 있기에 감정을 나타내는 단어라고도 말할 수 있다. 희망은 마치 '행복'이라는 단어처럼 긍정적 감정과 사고를 동시에 담보하는 위대한 단어다. 긍정적 감정과 사고를 한꺼번에 이끌어내는 이 단어는 개인의 정신 건강 향상에 무척 유용하다. 정신의학자로서 희망의 의학적 효과에 대해 설명하고자 한다.

### 희망만이 생활의 진정한 활력소

우리가 희망을 가질 때 가슴이 벅차오르면서 행복하고 즐겁다는 느낌을 가지게 되는데, 이는 뇌의 이마엽(전두엽) 부분의 감정 중추가 자극되는 결과로 이해되고 있다. 희망으로 가득 차 있는 사람은 또한 신체 각 기관의 기능들이 매우 좋아진다. 뇌에서는 베타엔도르핀이라는 물질의 분비가 촉진되어서 기분이 좋아짐과 동시에 기민성과 기억력이 증진되며 긴장감이 풀어진다. 심장에서는 스트레스 호르몬인 코티졸의 분비가 억제되고, 혈압과 혈당은 정상적으로 유지되며, 혈액 순환이 개선되는 효과가 있다.

폐에서 역시 코티졸의 분비가 억제되고 신경 조직이 이완됨으로써 폐 속 깊은 곳까지 신선한 산소가 공급된다. 위, 간, 대장 등 소화기관에서는 인터페론 감마라는 면역 물질의 분비가 증가돼 바이러스 등에 대한 저항력이 높아지며, 각종 소화기암의 예방 효과도 있다. 혈액에서는 면역 물질인 자연살해세포$^{NK세포}$가 활성화돼 면역 기능이 증가함과 동시에 암세포를 공격하고, 콜레스테롤이나 중성 지방의 수치가 줄어든다. 또한 엔도르핀이나 엔케팔린과 같은 신경 펩타이드가 분비돼 요통 등의 통증을 감소시켜 주는 효과도 있다.

한마디로 희망이라는 녀석을 마음속에 담아 두기만 하면 만병통치약을 먹은 효과를 볼 수 있다고도 할 수 있겠다. 그러나 불행하게도 현재 우리 사회의 많은 구성원들은 희망이라는 존재의 소중함을 깨닫지 못하고 있을뿐더러 머릿속에서 혹은 마음속에서 놓치고 있다.

요즘도 소아청소년 정신건강의학과 전문의로서 많은 청소년들을 만나고 있는데, 한창 꿈 많고 미래에 대한 여러 희망으로 부풀어 있어야 할 그들이 희망을 놓고 있어 참으로 안타깝게 생각한다. 다음은 상담 시 아이들에게 자주 던지는 질문 내용이다.

"이 다음에 무엇이 되고 싶니?" "나중에 커서 어떻게 살고 싶니?" "지금 현재 하고 싶은 것이 뭐니?"

그 각각의 질문에 대한 아이들의 답변이다.

"되고 싶은 것 없어요." "그냥…… 잘 모르겠는데요?" "별로 없어요."

이러한 대화를 주고받다 보면 마음이 저절로 어두워진다. 지금은 비록 괴롭고 힘들다 할지라도 미래에 대한 희망만은 잃지 않기를 바라는 나의 기대가 여지없이 무너지고 말았기 때문이다.

마음이 아픈 아이들은 현재도 미래도 철저하게 부정적으로 보는 것이다. 여러 부정적 자세 중에서 미래에 대한 부정적 태도가 가장 나쁘다고 생각한다. 과거에 대한 부정적 시각이나 나를 둘러싼 주변 환경에 대한 부정적 시각은 누군가의 설득이나 깨우침에 의해서 어느 정도 교정될 수 있지만, 미래에 대한 부정적 시각은 곧 자기 자신에 대한 부정적 태도로 이어지기 때문에 참으로 고치기가 힘들다. '희망 없음hopelessness'은 그래서 우울증의 가장 심한 증상으로 간주되고 있다. 그러나 아무리 고치기 힘들고 어렵다 할지라도 우리 아이들을 포기해서는 안 된다. 그것이 우리 어른들에게 주어진 사명이기 때문이다.

한편 청소년이 아니라 청년까지 걱정되는 것이 작금의 현실이다. 내가 상담하고 있는 한 청년의 사례를 살펴보자. 그는 매사에 불안하고, 가족에게 짜증을 잘 내며, 화가 날 때 소리를 지르거나 물건을 집어 던지는 행동 증상을 보여 병원을 찾았다. 그에게 내려진 정신과적 진단은 '불안장애' 및 '간헐적 폭발성 충동장애'였다.

## '희망 없음'이 우울증의 가장 심한 증상

그의 어린 시절 이야기를 들어 보니 실로 눈물겨웠다. 부모님은 장사를 하시는 분들인데 아이에게 최고의 교육을 시키고자 하는 확고한 열의가 있었다. 그다지 넉넉한 형편이 아니었음에도 불구하고 대부분의 수입을 자녀 교육에 쏟아부었다. 없는 형편에 방학 때면 각종 해외 어학연수 캠프에 아들을 보내곤 했다. 아이도 그러한 부모의 노력에 부응해서 중학교를 졸업할 때까지는 무척 모범적인 우등생이었고, 착하고 자랑스러운 아들이었다고 한다. 아이를 더욱 잘 키우고자 했던 부모는 아이의 밝은 미래를 꿈꾸며 학원의 메카인 대치동으로 이사를 왔고, 인근의 고등학교에 아이를 입학시켰다. 아이와 부모는 모두 기쁨에 들떠서 좋아했다. 그러나 기쁨과 행복은 그리 오래가지 않았다.

아이는 고등학교에 들어오자마자 처음으로 치른 중간고사에서 형편없는 성적을 받았고, 그전까지 그에게 부여되었던 최상위권 학생이라는 호칭은 어느새 공부 못하는 아이로 변해 있었다. 아이와 부모는 당황했다. 더욱 열심히 하기로 마음먹었다.

자아실현을 위한 열정과 신바람 나는 노력은
곧 자신의 희망을 꿈이 아닌 현실로 바꿔 줄 것이다.

문제집을 열심히 풀고 학원도 열심히 다녔다. 그런데 아이는 학교를 다니면서 점차 뭔가 이상하다는 것을 느끼기 시작했다. 친구들이 자기가 모르는 학원 얘기를 하고, 특정한 과외 선생님을 들먹이며, 서로의 집안 사정에 대해 이야기를 주고받는 것이었다.

알고 보니 그들의 부모들끼리 서로 왕래하는 것 같았고, 어려서부터 잘 알고 지내던 사이였다. 그런 친구들에게 약간의 친해지자는 신호를 보냈으나 돌아오는 반응은 무시 또는 무관심이었다. 아이의 성격상 적극적으로 다가서는 행동을 못했고 넉살 좋게 농담이나 웃기는 모습을 보이기는 더더욱 어려웠다. 친구들이 나누는 부모 얘기를 가만히 들어보니 대기업 임원, 의사, 변호사, 약사, 교사, 사업가 등이 대부분이었다. 장사를 하시는 부모님이 '요새 경기가 어렵다'며 걱정하시는 모습이 떠올랐다. 예전 같으면 부모에게 고마우면서도 미안한 마음이 들어 불편했던 그였다. 그러나 이제는 마음이 달라졌다. 부모에게 짜증이 나기 시작했다. '왜 우리 부모는 좋은 직업을 가지지 못했고, 왜 경제적으로 풍요롭지 못한가' 의문이 들기 시작했다. 그러다가 그가 내린 결론은 한마디로 '나는 해도 안 돼'였다.

대학교를 들어갔다. 이른바 명문 대학교가 아닌 그저 '인 서울In Seoul'의 대학교였다. 친척들은 그래도 다행이라며 잘 갔다고 말해 줬다. 학과는 일어일문학과였다. 그것은 아이가 원한 학과가 아니었고, 그렇다고 부모가 원했던 것도 아니었다. 그저 대학과 학과를 골고루 고려하다 보니 어찌어찌 그렇게 되었다고 한다. 1학년을 마친 후 군대를 다녀왔다. 그리고 복학을 앞둔 시점에서 그는 무섭게 변하기 시작했다. 가족에 대한 폭력성이 표출된 것이었다. 미래에 대한 불안한 마음이 들 때면 더욱 그러했다.

"도대체 일문과를 나와서 무엇을 할 수 있고, 내가 대학 공부를 한들 확실하게 손에 잡히는 무엇인가가 주어지나요?""어렵게 취직한들 강남에 집 한 채 가지고 중형 자동차나마 굴릴 수 있을까요?"

### 청년의 희망을 빼앗는 고착화된 사회 구조

그가 나와의 면담 시간에 했던 말들이다. 그는 결혼도 하지 않을 작정이라고 했다. 내 몸 하나도 건사하기 힘든 마당에 어떻게 아내와 아이들을 책임질 수 있겠느냐고 했다. 일하는 여성을 선택할 수 있을 것이라는 조언에 '그냥 그저 그런 직장에 다니는 여자라면 언젠가는 회사를 그만둘 것이고, 잘나가는 여자라면 왜 나하고 결혼하겠어요?'라고 대답했다. 그의 부모님에 대한 원망은 더욱 커져 갔다.

"남들은 어려서부터 외고다 유학이다 의대다, 그렇게 미리 방향을 정해 체계적으로 교육하는데, 우리 부모는 그저 열심히 하라고만 해요. 경영학과와 경제학과의 차이가 무엇인지도 몰라요. 대학을 안 나왔으니 당연히 모르겠죠. 그저 무식하게 장사나 했으니까요."

그의 말을 듣다 보면 때론 화가 치밀어 오른다. 부모의 헌신을 고마워할 줄 모르고 배은망덕하게도 오히려 폄하하고 있으니 말이다. 부모님도 속상해한다. 아이에게 미안해하면서 어쩔 줄 몰라 한다. 그러면서 이제 와서 하는 말씀이 '송충이는 솔잎을 먹게 했어야 하는데…… 저희가 너무 욕심을 냈나 봐요. 자식에게 만큼은 장사를 시키지 않으려고 했는데……' 였다. 너무나도 서글픈 장면이다.

이 청년의 문제는 온전히 개인의 인격 미달에서 비롯되었을까? 상당 부분 그렇다고 본다. 그러나 개인의 부족함 또는 악함이 전부는 아니다. 우리가 간과해선 안 될 점은 고착화된 사회 구조다. 아무리 발버둥 치고 노력해도 올라가지 못할 그곳에 있는 사람들이 부러운 것이다. 처음에는 부럽기만 한 선망의 대상이다. 그러나 시간이 흐를수록 누군가를 원망하게 된다. 첫 스타트는 자신을 그렇게 키워 주지 못한 부모에 대한 원망이 싹튼다. 부모를 비난하고 적대적인 태도를 취하게 된다. 시간이 흘러 격차가 더욱 벌어지게 되면, 분노와 원망의 표적은 직접적으로

'그들'이 될 것이다. 그는 이렇게까지 말했다.

"다 때려 부수고 싶어요. 차라리 지구가 망하면 좋겠어요. 다 같이 죽게 되면 똑같아지잖아요."

### 시한폭탄을 마음속에 담은 채 살아가는 젊은이들

불평등함에 대한 콤플렉스와 덜 가진 것에 대한 억울함, 소외됨에 대한 분노는 정말로 무서운 폭발력을 지닌 시한폭탄과 같다. 우리 젊은이들은 지금 이런 시한폭탄을 마음속에 담은 채 하루하루 살아가고 있다.

다음은 직접 치료한 환자는 아니지만 평소 잘 알고 지내는 30대 청년에 대한 이야기다. 그는 결혼을 해서 두 돌배기 딸아이를 키우고 있다. 나름대로 직장에서 능력을 인정받고 부업 삼아 글도 쓰며 전문 강사로 활약 중인 인재다. 그런 그가 어느 날 던진 말이 매우 인상 깊게 남아 있다.

"선생님, 제가 대학교 때 빌린 학자금을 갚겠다고 하니까 은행에서 놀라더라고요. 그런 사람이 별로 없대요. 친구들은 저를 잘 나간다고 부러워해요. 그런데 선생님, 아무리 생각해도 제 능력으로 아파트 사고 우리 아이 제대로 키울 수 있을까 걱정이 됩니다. 이 정도 바라는 것이 욕심일까요?"

나는 곧바로 말했다.

"무슨 그 정도가 욕심입니까? 당연히 직장 생활 열심히 하고 저축해서 아파트 한 채 사고 자식 교육시켜야지요."

그런데 되돌아온 말이 더욱 날카롭게 비수가 되어 꽂혔다.

"지금은 아니에요. 선생님 세대나 가능했지요."

### 자아실현 위한 열정과 노력만이 희망을 현실로 바꾼다

빈부 격차로 인한 사회적 갈등과 세대 간 격차로 인한 갈등이 점차 높아지고 있다. 그들에게 어떻게 희망을 심어 줄 수 있을까 난감하기만 하다. 그래도 우리 어른들이 나서서 해야 한다. '미래는 지금 너희들이 생각하는 것만큼 어둡지 않아. 희망을 가져야 한다. 그래야 현재의 어려움을 극복할 수 있고, 실제로 밝은 미래가 펼쳐질 수 있어. 대신 경제적 풍요로움뿐만이 아니라 가치 실현에 대한 희망도 함께 가지자. 그것은 '사랑'일 수도 있고, '봉사'일 수도 있고, '우정'일 수도 있고, '멋'일 수도 있고, '웃음'일 수도 있다'고 말해 주자.

그리고 그들에게 평소 자신이 중요하게 여겼던 가치나 신념을 행동으로 옮기라고 제안해 보자. 그럼으로써 자아실현의 느낌을 극대화할 수 있기 때문이다. 예를 들어 사회적 봉사나 헌신을 마음속으로 간직하고 있다가 실천할 기회가 생긴다면, '옳거니, 바로 이때다'라고 혼잣말하면서 신바람 나게 몸을 내던진다. 몸이 불편하고 고생은 돼도 마음만은 뿌듯하고 신이 나는 이유다. 물 만난 고기처럼 행동하는 그<sup>또는 그녀</sup>에게 주어지는 주변의 찬사나 고마움은 그저 덤일 뿐이다. 이때는 외부의 인정과 칭찬이 중요한 것이 아니라 그야말로 자기만족 내지는 자아실현이 더 중요하다. 자아실현을 위한 열정과 신바람 나는 노력은 곧 자신의 희망을 꿈이 아닌 현실로 바꿔 줄 것이다.

**손석한** 연세대 의학박사 · 자녀 교육 전문가

연세대학교 의학박사. 소아정신과 전문의로서 10여 년이 넘는 임상 사례를 바탕으로 속 시원하게 풀어낸 자녀 교육 전문가. 현재 방송사와 잡지사 등에서 자문위원으로 활동하고 있으며 신문사 등에 다수의 칼럼을 게재하고 있다. 대한소아청소년정신의학회 이사. 연세 의대, 성균관의대, 한림의대 외래교수. 한국편집기자협회 자문의. 저서로는《지금 내 아이에게 해야 할 80가지 질문》《아이의 미래를 바꾸는 아빠의 대화혁명》《빛나는 아이》《엄마 아빠의 칭찬 기술》《양육 솔루션 - 아이의 심리편, 행동편》외 다수가 있다.

# 상처의
# 연금술

손택수
시인

구구단 외는 소리가 낭랑하게 퍼져 나가던 시골 학교에 일대 소동이 벌어졌다. 어느 대목에선가 구구단이 갑자기 강아지 울음소리로 바뀌어 버린 것이다. 생각해 보라. '구일은 구, 구이 십팔' 뒤에 갑작스럽게 뛰어든 '구삼 컹컹컹 구사 컹컹컹'을. 자신이 무슨 서당개라도 되는 줄 아는지 교실 복도에 앉아 목청 높여 풍월을 읊는 강아지 한 마리를.

소사 아저씨가 달려온 뒤에야 소란이 겨우 진정됐나 보다. 강아지 주인이 누구냐는 담임선생님의 심문에 나는 식은땀을 흘리면서 시치미를 떼고 있었다. 검둥이를 잘 알고 있는 마을 아이들

몇이 걱정이 되긴 하였지만 자칭 타칭 나는 골목대장이다. 골목대장의 무시무시한 보복을 두려워하는 그들 누구도 감히 섣불리 고자질을 하지는 못할 것이다. 그 순간, 선생님이 입가에 의미심장한 미소를 짓더니 강아지를 냉큼 교실 안으로 불러들였다. 이제 막 전학 온 아이처럼 수줍게 꼬리를 흔들며 입장하는 검둥이의 저 백치 같은 모습이라니! 검둥이는 교실 문턱을 들어서기 무섭게 강력한 자력에 이끌린 쇳가루처럼 달음박질을 치더니 한사코 외면을 하는 내게 다가와 마구 털을 비벼댔다. 여기저기서 키득거리는 소리가 들려왔을 것이다.

　괘씸한 구석이 없지 않았지만 검둥이는 내 유일한 동무였다.

산 너머로 해가 꼴까닥 넘어가고, 처마 아래 단란한 제비 일가처럼 안방에서 큰댁 식구들의 수저질 소리가 들려올 때면 혼자서 툇마루에 앉아 가족들 그리움에 온갖 청승을 다 떨고 있는 나를 검둥이만은 늘 이해해 주었다. 지금쯤 어머니와 아버지가 밥 벌러 간 항구 도시에도 저녁이 오고 있겠지. 산동네 담벼락에 고개를 내민 누이는 갓난 막내 동생을 등에 업고 빈 도시락통을 울리며 올 어머니를 기다리고 있겠지. 아, 어쩌자고 나만 혼자서 이렇게 외따로 떨어져 있는 것일까. 가족들 생각에 울적해져서 가슴팍을 향해 고개를 푹 꺾고 있노라면 검둥이는 말 못할 내 슬픔을 다 이해하고 있다는 듯이 가만히 웅크려 앉은 채 물들어 가는 저녁노을을 함께 바라봐 주었다. 그리고 가끔씩 위로를 하듯 젖은 혀로 손을 핥아 주곤 하였다. 손에 감기던 그 혀의 부드러운 감촉을 뭐라고 해야 할까. 검둥이의 혀는 멀리 있는 어머니의 눈빛이었고, 내가 그리워한 영산강의 물결이었고, 삼인산 자락 아래 들녘을 쓰다듬고 가는 바람이었다.

### 힘든 삶의 한 고비를 관통하는 유년의 기억

수십 년 동안 잊고 지낸 유년 시절의 검둥이가 떠오른 건 몇 해 전의 일이었다. 아마도 가족과 떨어져 지내던 유년 시절처럼 그때도 힘든 삶의 한 고비를 지나고 있었을 것이었다. 삼십대 중

반에 짝을 만나 결혼을 하고 삼십 년 가까이 머물던 부산을 떠나 서울에 올라왔는데 나는 일 년째 실업 상태를 면치 못하고 있었다. 정말이지 아내를 볼 면목이 없었다. 아내마저 건강이 악화되어 다니던 출판사를 그만두고 나자 가난한 가계에 먹그늘이 짙어 갔다. 이곳저곳 밥벌이를 위해 염치없이 얼굴을 내밀거나 이력서를 보내 보곤 하였지만 단 한 군데서도 연락이 오질 않았다. 당장이라도 낙향을 하고 싶었으나 낙향을 한다고 해도 뾰족한 수가 없었다. 그렇지 않아도 걱정이 많은 부모님들의 얼굴에 수심만 더 짙게 할 것이 틀림없었다. 화장품 가방을 이고 지고 방문 판매를 다니는 어머니가 생각나자 이가 사리물어졌다. 그런 참담한 날들이 이어졌다. 잠이 올 리 없었다.

새벽에 깨어 방구석에 웅크려 앉아 손전화에 저장된 전화번호들을 꺼내 보았다. 아마도 누군가에게 전화를 걸어 신세 한탄이라도 하며 막막한 가슴을 위로라도 받고 싶었나 보다. 아니, 위로까지는 아니더라도 그저 속엣말이라도 편하게 터놓고 하다 보면 울적한 마음이 스스로 다독거려지지 않을까 하는 생각을 하였을 것이다. 그러나 그 많은 수백 개의 전화번호 중 전화를 걸 만한 곳이 단 한 군데도 없었다. 이 기막힌 사실이 절망스러웠다. 잘못 살았구나, 잘못 살았구나, 벽에 이마를 찧고 싶었다. 그때 불현듯 수십 년 동안 잊고 지내온 검둥이가 생각났던 것이다.

검둥이를 통해 떠오른 유년 시절은 최초의 상처가 시작되는 자리였다.
그 상처를 수원지 삼아 시가 흘러나오고 있었다.

그래, 옛날 내게는 형제 같은 강아지 한 마리가 있었지. 지금은 그런 강아지 한 마리도 없구나. 기억 바깥에 내팽개쳐 놓고 부러 외면해 온 강아지의 젖은 눈망울이 떠오르는 순간 가슴에 통증이 일었다. 마치 무거운 천장이 가슴에 내려와 얹힌 듯 숨이 쉬어지질 않았다. 검둥이에게 과연 무슨 일이 있었던가.

### 세상으로부터 받은 상처를 온전히 받아 준 검둥이

가족과 떨어져 살던 유년 시절 나는 세상으로부터 받은 상처를 가장 사랑하는 대상에게 푸는 버릇이 있었다. 엄마 아빠 없이 사는 애라 골목에서 늘 싸움질만 하며 산다고 어른들이 사시를 뜨며 바라볼 때마다 나는 툭하면 검둥이를 걷어찼다. 아, 지금도 생생하다. 믿을 수 없는 게 유년의 기억이라지만 너무도 또렷해 어제 일만 같다. 초등학교 일학년 저축의 날이었을 것이다. 그날 같은 반의 사촌은 백 원을, 나는 구십 원을 저축했다. 까만 안경테 너머로 선생님이 의심에 가득 찬 눈으로 추궁해 왔다. 한집인데 너는 왜 십 원이 모자라니? 어디서 군것질을 한 거 아냐? 나는 아니라고 강변을 하였다. 선생님은 믿어 주지 않았다. 그날 나는 예의 억울한 마음을 풀 대상으로 검둥이를 지목했다. 분노와 고통을 어디 호소할 길이 없어 점점 더 삐뚤어져 가는 악동의 폭력은 사뭇 잔혹스러운 데가 있었다. 개의 목줄을 잡고 쥐불놀이 하듯 뱅뱅 돌리다가 벽을 향해 내팽개치면 속이 좀 후련해지는 것 같았다. 강아지가 신음을 하며 고통스러워하는 걸 보고 목젖이 다 보이도록 그악스럽게 웃고 있는 소년! 상처받은 소년은 갈수록 아무도 못 말리는 작은 악마가 되어 갔다.

그런 검둥이가 어느 날 스스로 목숨을 끊어 버렸다. 툇마루 아래 깊은 어둠 속에 웅크린 채 공포에 질려 떨고 있던 검둥이는 꼬박 일주일을 굶은 뒤 소리 없이 눈을 감았다. 그 일주일 동안 가증스럽게도 나는 먹잇감을 들고 어둠 속에서 검둥이를 꺼내기 위해 갖은 애교를 부렸다. 그런 나를 검둥이는 희미해져 가는 눈빛으로 멀거니 쳐다보다가 툭, 고개를 떨어뜨렸다. 할머니는 쥐약을 먹은 모양이라고 쯧쯧 혀를 찼지만 나는 분명히 알고 있었다. 검둥이는 스스로 자살을 한 것이었다. 주인에 대한 배신감에 치를 떨다 스스로 숨을 끊는 게 낫다고 판단한 것이었다. 동물이 자살이라니? 적어도 나는 그렇게 믿는다. 사람과 동물 사이에도 신뢰가 깨어지면 그 스트레스로 인해 동물도 자살을 한다고. 검둥이가 그랬다.

너무 간절하기에 쓸 수 없는 이야기…… 시가 되다

그 후 검둥이를 소재로 시를 써 보고자 하였으나 그때마다 실패했다. 속죄의 마음으로 절을 찾아 백일기도를 드렸으나 고통이 가시질 않았다. 몇 번의 실패 끝에 전혀 다른 시가 찾아왔다.

## 흰둥이 생각

손을 내밀면 연하고 보드라운 혀로 손등이며 볼을 쓰윽, 쓱 핥아주며 간지럼을 태우던 흰둥이, 보신탕감으로 내다 팔아야 겠다고, 어머니가 앓아누우신 아버지의 약봉지를 세던 밤 나는 아무도 몰래 대문을 열고 나가 흰둥이 목에 걸린 쇠줄을 풀어주고 말았다 어서 도망가라, 멀리멀리, 자꾸 뒤돌아보는 녀석을 향해 돌팔매질을 하며 아버지의 약값 때문에 밤새 가슴이 무거웠다 다음날 아침 멀리 달아났으리라 믿었던 흰둥이가 아무 일도 없었다는 듯이 돌아와서 그날따라 푸짐하게 나온 밥그릇을 바닥까지 다디달게 핥고 있는 걸 보았을 때, 어린 나는 그예 꾹 참고 있던 울음보를 터뜨리고 말았는데

흰둥이는 그런 나를 다만 젖은 눈빛으로 핥아주는 것이었다 개장수의 오토바이에 끌려가면서 쓰윽, 쓱 혀보다 더 축축이 젖은 눈빛으로 핥아주고만 있는 것이었다

〈흰둥이 생각〉은 그렇게 해서 태어났다. 언뜻 보면 전혀 반대

되는 내용이라 의아하게 보일지도 모른다. 〈흰둥이 생각〉에 나오는 소년과 구체적 경험 속의 소년 이미지가 너무도 판이하지 않는가. 검인정 중학교 국어 교과서에 실려 있는 이 시에 대해 중학생들이 정말 있었던 일이에요? 하고 물어오면 어떻게 대답해야 할지 몰라 난감할 때가 많다. 그러나 나는 여기에 시의 비밀이 있다고 생각한다. 너무도 간절하나 그렇기에 더욱 쓸 수 없는 이야기는 절망을 부르고, 절망은 좌절된 말들을 통해 꿈을 꾸게 한다. 숱하게 실패한 '검둥이 생각'을 버리면서 나는 생명에 대한 예의를 다시 생각하게 되었고, 뜻한 대로 흘러가지 않는 말속에 생명의 감각을 싣고 싶었다. 그리고 손을 쓰다듬던 검둥이의 혀를 그대로 이미지화하고 싶었다. 이야기의 겉은 다르지만 그 속에 흐르는 참회의 정서는 놓치고 싶지 않았다.

상처를 수원지 삼아 시가 흘러 나오고⋯⋯

물론 언어적 구성체로서의 〈흰둥이 생각〉과 실제 경험으로서의 검둥이 이야기 사이에 있는 굴절은 언어와 경험이 하나가 되지 못하는 또 하나의 상처로 남을 수밖에 없다. 하지만 그 상처를 통해 우리는 고통을 견딜 만한 것으로 바꾸는 것이 아닐까. 완전히 치유되지 않는 그 상처가 자꾸 덧나는 아픔으로 나를 깨어 있게 하는 것이 아닐까. 실제로 나는 검둥이에 대한 멍든 그

리움으로 유년 시절을 지배하던 외로움과 서러움을 이해하게 되었고, 그 외로움과 서러움이야말로 모든 숨탄것들의 존재 조건임을 간신히 받아들이게 되었다.

죄책감과 공포감에 사로잡혀 있던 그 일주일을 잊기 위해 어쩌면 내 삶은 먼 길을 돌아왔는지도 모른다. 검둥이의 기억이 되살아나면서 비로소 나는 내가 왜 시를 쓰게 되었는지를 물었다. 검둥이를 통해 떠오른 유년 시절은 최초의 상처가 시작되는 자리였다. 그 상처를 수원지 삼아 시가 흘러나오고 있었다. 어떤 의미에서 시는 자신의 상처를 정면으로 들여다보게 하고, 자신의 상처에 귀를 기울이듯 겸허하게 타자의 상처에도 귀를 기울

이게 한다. 상처와 상처가 만남으로써 더 큰 상처가 되고, 더 높은 차원의 치유를 꿈꾸게 한다. 상처의 연금술이라고나 할까. 나는 검둥이를 통해 나의 가족사를 들여다보게 되었고, 훗날 다시 만난 부모님에 대한 뿌리 깊은 거리감을 겨우 이해하게 되었다. 부모님이라고 속이 편했을 리 없다. 1970년대 산업화 시기 고향을 떠나 도시로 이식된 우리의 부모 세대들은 그 양상이야 저마다 다르겠지만 대부분 유사한 가족 해체를 경험했다. 어쩌면 국가가 해결해야 할 복지나 기본적인 사회 환경들을 가장 연약한 가정 단위로 떠넘긴 것이니 그것이 우리의 일그러진 근대화라고 할 수도 있겠다.

더 높은 차원의 치유 꿈꾸는 상처의 연금술

검둥이의 고통스런 기억으로부터 나는 나의 가족과 내 가족이 경험한 근대를 조금씩 작품화하기 시작했다. 할머니와 함께 지내던 농경 문화적 감수성이 첫 시집을 준비하는 데 양분이 되었고, 어머니 아버지가 겪었을 도회 공간의 체험이 두 번째 시집의 중심축이 되었다. 어려운 시절일수록 시인은 시에 매달려야 한다, 그런 마음으로 막막했던 날들을 통과해 온 것이다.

나는 아직도 뒤란 툇마루에 앉아 노을을 함께 바라봐 주던 나의 강아지를 잊지 못하고 있다. 부드럽게 손등을 핥던 혀의 기억 때문인지 개들만 보면 피해 다니고, 아직도 개들과 눈을 제대로 맞추질 못한다. 어둠 속에 웅크려 떨고 있던 눈동자 생각이 나면 여전히 숨이 콱 막혀 온다. 그래도 괜찮다, 괜찮다, 손등을 핥던 혀의 기억을 애써 뿌리치려 하지 않는다. 쓰지 못한 상처는 또 다른 노래를 부를 것이기에……

손택수 시인

1970년 전남 담양에서 태어나 부산에서 성장기를 보냈다. 지독한 향수병과 짝사랑을 앓으며 암울한 문학소년 시절을 보낸 후, 1998년 〈한국일보〉 신춘문예와 〈국제신문〉 신춘문예에 시가 당선되면서 본격적인 작품 활동을 시작했다. 저서로는 시집 《호랑이 발자국》 《목련 전차》 《나무의 수사학》, 청소년을 위한 고전 산문 《바다를 품은 자산어보》 등이 있으며, 현재 실천문학사의 대표로 있다. 신동엽창작상, 오늘의젊은예술가상 등을 수상했다.

희망을 너무 크게 말했나 _ 장영희

“웃기고 자빠졌네” _ 이요셉

희망을 잣는 물레, 시간 _ 은미희

희망 바이러스 보균자들 _ 이나미

가슴속에 피우는 희망의 꽃 _ 이수광

3장

복사꽃 활짝 핀
봄날처럼

# 희망을 너무
# 크게 말했나

장영희
영문학자

 인터뷰를 할 때마다 질문자가 내게 빼놓지 않고 하는 질문이 있다. 신체장애, 암 투병 등을 극복하는 힘이 어디에서 나오는가이다. 그럴 때마다 난 참으로 난감하다. 그래서 그냥 본능의 힘이라고 말한다. 그것은 의지와 노력으로 가질 수 있는 힘이 아니라 내 안에서 절로 생기는 내공의 힘, 세상에서 제일 멋진 축복이라고, 난 그렇게 희망을 아주 크게 떠들었다. 여러분이여 희망을 가져라, 희망을 갖지 않는 것은 어리석다.

 에피소드도 인용했다. 두 개의 독에 쥐 한 마리씩을 넣고 빛이 들어가지 않도록 밀봉한 후 한쪽 독에만 바늘구멍을 뚫는다. 똑

같은 조건 하에서, 완전히 깜깜한 독 안의 쥐는 1주일 만에 죽지만 한 줄기 빛이 새어 들어오는 독의 쥐는 2주일을 더 산다. 그 한 줄기 빛이 독 밖으로 나갈 수 있을지도 모른다는 희망이 되고, 희망의 힘이 생명까지 연장시킨 것이다.

대학교 2학년 때 읽은 헨리 제임스의 《미국인》이라는 책의 앞부분에는, 한 남자 인물을 소개하면서 '그는 나쁜 운명을 깨울까 봐 무서워 살금살금 걸었다'라고 표현한 문장이 있다. 나는 그때 마음을 정했다. 나쁜 운명을 깨울까 봐 살금살금 걷는다면 좋은 운명도 깨우지 못할 것 아닌가. 나쁜 운명, 좋은 운명 모조리 다 깨워 가며 저벅저벅 당당하게, 큰 걸음으로 걸으며 살 것이다, 라고.


'나쁜 운명'과 '좋은 운명' 모두를 깨우는 당당한 발자국 소리

아닌 게 아니라 내 발자국 소리는 10미터 밖에서도 사람들이 알아들을 정도로 크다. 낡은 목발에 쇠로 된 다리보조기까지. 정그렁 찌그덩 정그렁 찌그덩, 아무리 조용하게 걸으려 해도 그렇게 걸을 수 없다. 그래서 그런지 돌이켜 보면 내 삶은 요란한 발자국 소리에 좋은 운명, 나쁜 운명이 모조리 다 깨어나 마구 뒤섞인 혼동의 연속이었다. 하지만 인생은 새옹지마라고, 지금 생각해 보면 흑백을 가리듯 '좋은' 운명과 '나쁜' 운명을 가리기

는 참 힘들다. 좋은 일이 나쁜 일로 이어지는가 하면 나쁜 일은 다시 좋은 일로 이어지고…… 끝없이 이어지는 운명 행진곡 속에 나는 그래도 참 용감하고 의연하게 열심히 살아왔다.

그래도 분명 '나쁜 운명'으로 규정지을 수 있는 것은 아마 지난 2001년 내가 암에 걸린 일일 것이다. 방사선 치료로 완쾌 판정을 받았으나 2004년에 다시 척추로 전이, 거의 2년간 나는 어렵사리 항암 치료를 받았다. 그리고 2006년 5월, 중단했던 월간지 칼럼 〈새벽 창가에서〉로 나는 다시 돌아왔다. 그때 '살아온 기적, 살아갈 기적'이라는 글에서 썼듯이 나는 마치 아무 일 없었다는 듯, 3년 만에 '홀연히' 다시 나타난 것이다.

나는 그게 '희망의 힘'이라고 떠들었다. 내 병은 어쩌면 더 좋은 사람이 되어 가는 '아름다운' 경력일 거라고 쓰기도 했다. 췌장암에서 기적처럼 일어난 스티브 잡스를 흉내 내, 죽음에 대한 생각은 어쩌면 삶을 리모델링해서 더욱 의미 있고 깊이 있는 삶을 살 수 있게 하는 전제 조건일지 모른다고도 썼었다.

### 너무 크게 떠든 나의 희망 이야기

그리고 지금도 그에 대한 생각에는 추호도 변함이 없다. 돌이켜 보면 나는 나의 희망 이야기를 스스로 즐겼다. 미국 사람들은 좋은 일을 크게 말하면 공기 속에 떠다니는 나쁜 혼령이 시샘해

지금 난 다시 나의 싸움터, 병원으로 돌아와 있다.
살금살금 조심조심 삶의 눈치를 보며 살아야 했는데,
나는 저벅저벅 큰 발자국으로 소리 내며 걸었고,
그래서 다시 **나쁜 운명**이 깨어난 모양이다.

서 훼방을 놓는다고 믿는다. 난 나쁜 혼령이 들든 말든 아랑곳하지 않고 크게 떠들었다. 그런데 나는 암이 다시 척추에서 간으로 전이되었다는 진단을 받았다. 그래서 지금 난 다시 나의 싸움터, 병원으로 돌아와 있다. 살금살금 조심조심 삶의 눈치를 보며 살아야 했는데, 나는 저벅저벅 큰 발자국으로 소리 내며 걸었고, 그래서 다시 나쁜 운명이 깨어난 모양이다.

지난번보다 훨씬 강도 높은 항암제를 처음 맞는 날, 난 무서웠다. '아드레마이신'이라는 정식 이름보다 '빨간약'이라는 이름으로 더 잘 알려진 항암제. 환자들이 빨간색을 보기만 해도 공포를 느끼고, 한 번 맞으면 눈물도 소변도, 하다못해 땀까지도 빨갛게 나온다는 독한 약. 온몸에 매캐한 화학 물질 냄새와 함께 빨간약이 내 몸에 퍼져 갈 때, 최루탄을 맞은 듯 눈이 따가웠다.

그날 밤 문득 잠을 깼다. 갑자기 두려운 생각이 들었다. 옆 침대에서는 동생 둘이 간병인용 침대 하나에 비좁게 누워 잠이 들었고, 쌕쌕 숨 쉬는 소리가 들렸다. 가만히 누워 천장을 바라보았다. 밖에서 들어오는 희미한 불빛에 천장의 흐릿한 얼룩이 보였다. 비가 샌 자국인가 보다.

장영희가 이 세상에 기억될 수 있는 좋은 흔적 만들리라

그런데 문득 그 얼룩이 미치도록 정겨웠다. 지저분한 얼룩마

저도 정답고 아름다운 이 세상, 사랑하는 사람들의 숨소리를 들을 수 있는 이 세상을 결국 이렇게 떠나야 하는구나. 순간 나는 침대가 흔들린다고 느꼈다. 악착같이 침대 난간을 꼭 붙잡았다. 마치 누군가 이 지구에서 나를 밀어내듯. 어디 흔들어 보라지, 내가 떨어지나, 난 완강하게 버텼다.

이 세상에서 나는 그다지 잘나지도 또 못나지도 않은 평균적인 삶을 살았으니 무슨 일이 있어도 그다지 길지도 짧지도 않은 평균 수명은 채우고 가리라. 종족 보존의 의무도 못 지켜 닮은꼴 자식 하나도 남겨 두지 못했는데, 악착같이 장영희의 흔적을 더 남기고 가리라. '나중에 돈 많이 벌면 그때……' 생각하고 좋은

일 하나 못했는데 손톱만큼이라도 장영희가 기억될 수 있는 좋
은 흔적 만들리라.

언젠가 어려운 처지에 있는 어느 학생이 내게 물었다.

희망, 운명조차 바꿀 수 있는 위대한 힘

"한 눈먼 소녀가 아주 작은 섬 꼭대기에 앉아서 비파를 켜면
서 언젠가 배가 와서 구해 줄 것을 기다리고 있습니다. 그녀가
비파로 켜는 음악은 아름답고 낭만적인 희망의 노래입니다. 그
런데 물이 자꾸 차올라 섬이 잠기고 급기야는 소녀가 앉아 있는
곳까지 와서 찰랑이고 있습니다. 그러나 앞이 보이지 않는 소녀

는 자기가 어떤 운명에 처한 줄도 모르고 아름다운 노래만 계속 부르고 있습니다. 머지않아 그녀는 자기가 죽는 것조차 모르고 죽어 갈 것입니다. 이런 허망한 희망은 너무나 비참하지 않나요?"

그때 나는 대답했다. 아니, 비참하지 않다고. 밑져야 본전이라고. 희망의 노래를 부르든 안 부르든 어차피 물은 차오를 것이고, 그럴 바엔 노래를 부르는 게 낫다고. 갑자기 물때가 바뀌어 물이 빠질 수도 있고 소녀 머리 위로 지나가던 헬리콥터가 소녀를 구해 줄 수도 있다고. 그리고 희망의 힘이 생명을 연장시킬 수 있듯이 분명 희망은 운명도 뒤바꿀 수 있을 만큼 위대한 힘이라고.

그 말은 어쩌면 그 학생보다는 나를 향해 한 말인지도 모른다. 그래서 난 여전히 그 위대한 힘을 믿고 누가 뭐래도 희망을 크게 말하며 새봄을 기다린다.

- 《살아온 기적 살아갈 기적》 중

**장영희** 영문학자 · 수필가

1952년 서울 출생. 서강대학교 영문과를 졸업하고, 뉴욕주립대학 영문학 박사학위를 취득했다. 컬럼비아대학에서 1년간 번역학을 공부했으며, 서강대학교 영문과 교수이자 번역가, 수필가, 칼럼리스트로 활동하다 2009년 암으로 작고했다. 김현승의 시를 번역하여 '한국문학번역상'을 수상했으며, 2002년에는 삶에 대한 진지함과 긍정적인 태도를 담은 수필집 《내 생애 단 한번》으로 '올해의문장상'을 수상했다. 대표작으로 《문학의 숲을 거닐다》 《살아온 기적 살아갈 기적》 《축복》 《생일》 등이 있다.

# "웃기고
자빠졌네"

이요셉
한국웃음연구소 소장

"난쟁이 똥자루 지나간다."

중학교 1학년 때 교복을 입고 지나가는 나를 향해 초등학생들이 속삭이던 소리였다. 키에 대한 콤플렉스는 늘 나로 하여금 자신감을 잃게 만들었다.

아마도 이런 나에게 친구 어머니의 말이 아니었다면 나는 늘 기가 죽어서 살았을 것이다.

친구 집에 놀러 갔다. 친구들과 자지러지게 웃고 있는데 친구 어머니가 문을 확 젖히더니 '야야 요셉이 니 웃음소리는 백만 불짜리다. 쟤 웃음소리 들으니 속이 다 후련하다카이' 하셨다. 나는 그 후로 시간만 나면 그 집에 놀러 갔고 그 웃음소리를 들으라고 더 크게 웃어 젖혔다. 그때부터 나는 웃기는 놈이 됐는지도 모른다.

### 한 줄기 희망이 된 친구 어머니의 웃음 칭찬

웃기는 놈으로 살아온 지 벌써 17년째가 되었다. '대한민국 최초의 웃음 치료사'로 정말 많은 사람을 만났다. 웃음은 많은 사람들을 치유하기 전에 나를 먼저 새로운 사람으로 만들었다. 나는 특별한 것도 없고, 잘난 것도 없고, 열등감투성이인 사람으로 생각하며 살아왔다. 고등학교 다닐 때까지 슈퍼마켓도 혼자 들어가지 못하는 소심하고 내성적인 사람이었다. 소심한 A형 성격에다가 키는 늘 반에서 1번이었고, 공부도 별로인 안동 시골 촌놈이었다. 대학 다닐 때 공부 좀 할 것을, 공부도 엉망이었으니 졸업 후 취업 원서를 낼 때마다 서류에서 가을 낙엽 떨어지듯 우수수 떨어졌다.

### 고개 너머에서 항상 웃고 있는 희망

하지만 고개 너머에는 항상 희망이 있는 법.

"취업하게 해 주세요. 취업하게 해 주세요."

기도하고 있는 나에게 지인의 소개로 작은 병원에 시험 없이

취업할 기회가 찾아왔다. 이것이 내 인생을 바꿔 놓을지는 꿈에도 상상하지 못했다.

이 작은 병원은 다른 병원과 다른 특징이 있었는데 암환자를 전문적으로 보는 병원이었다. 처음에는 참 답답했다. 난 의사도 아니고 간호사도 아니고 전문직도 아니고…… 특별히 잘하는 것도 없으니 4년제 대학을 나와도 잡다한 심부름 정도였다.

하지만 언젠가는 쥐구멍에도 볕 들 날이 있는 법, 병원에서 많은 암환자를 위한 공개 세미나를 진행하고 있었는데 썰렁한 분위기였다. 대학 시절 잠깐 레크리에이션을 배운 가닥이 있어 분위기 워밍업 차원에서 간단한 레크리에이션을 진행했더니 인기가 폭발했다. 사람들이 좋아했고 웃음소리가 들리기 시작했다.

암환우 분들에게 자그마한 웃음을 주면서 이분들에게 관심을 갖기 시작했다. 그때부터 암에 관련된 책을 읽고 세미나 등을 다니면서 배우고 공부했다. 그때 마침 병원에 대체의학과가 만들어졌는데 거기에 연구 및 상담을 담당하는 멤버로 들어갔다.

암환우 분들을 만나면서 암이 온 원인은 무엇인지, 생활 습관은 어떤지, 식이요법과 마음 상태를 체크하고 상담하는 일을 시작했다. 누군가에게 웃음을 준다는 것이 재미있었다.

1년에 3천 명 이상의 사람들을 만나고 대화하면서 생생한 체험을 통해 많은 것들을 배울 수 있었다. 그중 하나가 암이 오기 전 2년 내외에 예외 없이 큰 스트레스를 받는다는 것이다. 마음의 스트레스가 결국 유전자 변이를 가져오는 암을 일으키는 것이다.

마음의 병, 이 스트레스를 병원에서 직접 치료할 방법이 없다는 사실이 아쉬웠다. 일반적으로 암의 치료는 수술, 방사선, 항암 요법으로 이루어지지만 근본인 마음에서 온 스트레스는 어디에도 치료하는 곳이 없다는 것이 현실이었다.

특히 정이 많고 상처받기 싫고 걱정 근심이 많은 한국인들은 암에 걸렸을 때 외국인들과는 180도 다르게 반응한다. 우리나라

힘든 고통 속에서도 표정이 밝고 잘 웃는 분들은 치료도 빨랐다.
표정이 밝고 잘 웃는다는 것은 긍정적이고 희망적이라는 것을 나타낸다.
암이 가장 좋아하는 것이 절망이고
가장 무서워하는 것이 희망이다.

사람은 거의 대부분이 암 판정이 떨어지면 '어이쿠 죽었구나!' 라고 반응하고 외국인은 '지금부터 건강 관리를 잘해야 되겠구나!' 라고 반응한다고 한다.

똑같은 질병 상황이라도 마음가짐이 어떠냐에 따라 치료에도 엄청나게 많은 영향을 준다. 그것을 반영하듯 힘든 고통 속에서도 표정이 밝고 잘 웃는 분들은 치료도 빨랐다. 표정이 밝고 잘 웃는다는 것은 긍정적이고 희망적이라는 것을 나타낸다.

암이 가장 좋아하는 것이 절망이고 가장 무서워하는 것이 희망이다. 스트레스를 받고 절망하면 우리 몸의 면역 체계가 큰 타격을 받지만 즐거워하고 웃으면 우리 몸의 면역 세포들의 힘이 세지고 숫자도 늘어나 암세포를 억제하고 없애는 역할을 한다.

### 웃는 집 문으로 만 가지 복이 들어온다

삼성그룹 이건희 회장의 암 치료로도 유명해진 세계 최고 암 전문 병원 미국 MD앤더슨의 종신교수인 김의신 박사는 이렇게 말한다.

"우리 몸에는 암세포를 잡아먹는 대표적 면역 세포인 NK$^{자연살해세포}$ 세포가 있다. 이것이 많으면 암 치료가 잘되고 암에 잘 걸리지 않는다. 항상 웃으며 즐겁게 사는 사람은 면역 세포의 면역 수치가 1000배 높게 나와 나도 너무 놀랐다."

어려운 이야기를 하지 않더라도 웃음이 건강에 좋다는 건 삼
척동자도 다 안다. 일소일소一笑一少 일노일노一怒一老라고 하고, 소문
만복래笑門萬福來라 하여 웃는 집 문으로 만 가지 복이 들어온다고도
한다. 웃음이 좋은 건 다 안다. 하지만 문제는 도무지 웃을 일이
없다고 말하는 것이다.

'그렇다면 어떻게 웃을 일을 만들어 줄꼬?'

나는 그때부터 고민에 빠졌다. 어느 광고에서처럼 웃으면 좋
은데 참 좋은데…… 달리 표현한 방법이 없네……. 관련된 책과
동영상 세미나를 닥치는 대로 배우고 연구하기 시작하면서 생각
은 오직 하나였다. '어떻게 하면 암환우 분들을 웃게 할 수 있을
까?' '기분과 상관없이 언제나 늘 웃는 방법은 없을까?' 궁하면
통한다고 했던가?

수많은 사람들에게 희망과 행복을 안겨다 주는 기발하고 멋진
생각이 불현듯 스쳤다. 웃음을 연구하면서 알게 된 사실인데 웃
음은 운동 효과가 뛰어날 뿐 아니라 최고의 유산소 운동이기도
하다. 심장과 폐가 튼튼해지고 혈액 순환을 좋게 하며 마음까지
행복하게 만드는 유산소 운동 말이다. 놀라운 사실 하나는 억지
로 웃어도 뇌는 진짜 웃음과 거짓 웃음을 구분하지 못한다는 것
이다. '아차! 웃음은 운동이다.' 생각을 바꾸니 고민이 너무나
쉽게 풀렸다.

운동은 아침 점심 저녁뿐 아니라 내가 원할 때마다 할 수 있다. 다르게 말해 언제든 내가 선택할 수 있다는 것이다. 나는 웃기 시작했다. 아니 운동을 시작했다. 엄밀히 말하면 숨쉬기 운동뿐 아니라 웃음 운동을 시작한 것이다.

그래서 개발한 것이 '사물웃음운동법'이다. 모든 사물을 볼 때마다 소리내서(?) 웃는 것이다.

아침에 일어나면 거울을 보고 웃기 시작했다. 하! 하하하하하하……. 심지어는 지나가는 사람을 보고 웃다가 미친놈이라는 욕까지 먹었다. 그런데도 행복했다. 이렇게 100일간 웃다 보니 복이 굴러오기 시작했다.

### 웃음을 연구하며 나부터 치유되는 행운을 얻다

나도 모르게 자신감이 생겼다. 열등감 때문에 생겼던 우울한 감정이 사라진 것이다. 간이 밖으로 나온 것처럼 당당해지고 삶이 즐거워지고 활력이 넘쳤다. 암환우 분들을 웃겨 드리기 위해 시작된 웃음이 결국 나를 변화시켰다.

"웃으면 복이 와요. 정말이라니까요! 차라리 웃다 자빠지세요."

일본 최고의 컨설턴트의 말이 기억난다.

"인생에서 절대로 실패하지 않는 방법이 있다. 그건 아무것도 하지 않는 것이다. 하지만 인생의 마지막 순간에 내가 최고의 실패자였다는 사실을 깨닫게 될 것이다."

1997년 그 당시 병원에서 암치유 캠프를 처음으로 시작했는데 드디어 기적이 일어났다. 15명의 암환우 분들과 함께한 웃음 치료의 첫 경험은 짜릿했다.

눈 뜨면 웃고, 눈 감으면서 웃고 하다 보니 암환우 분들 속에서 똥 씹은 얼굴들이 사라졌다.

'내가 왜 암에 걸렸지?' '내가 무슨 잘못을 했기에?'

안 돼, 할 수 없어, 부정적이었던 좌절과 불만의 언어들이 감사와 기쁨으로 바뀌었다.

"왜 이렇게 좋죠." "왜 이렇게 살맛 나지요." "너무 행복해요."

위암으로 투병 중이던 분의 말이 지금도 생생하다.

"참 고맙습니다."

"왜요?"

"저…… 7년 만에 처음 웃었어요."

통증이 사라지고 불면증이 없어지고 웃음꽃이 피기 시작하면서 천국이 따로 없었다.

놀라운 사례가 있다. 일반적으로 면역 수치가 5000 이상이 정상인데 3000도 되지 않아 너무 고생하시던 대장암 환우 분이 계셨다. 그런데 3일이 지나자 3년 만에 정상 수치가 나왔다. 5년이 지난 후 이분을 우연히 서울 동대문에서 만나게 되었는데 완치

개그우먼 김미화 씨의 묘비명은 바로 '웃기고 자빠졌네' 라고 한다.
죽을 때까지 사람들을 웃기다가 그리고 스스로 웃다가 자빠지는 것이라는
것이다. 이처럼 웃음은 남에게도 최고의 선물이지만
나에게 주는 가장 큰 선물이기도 하다.

판정을 받았다고 한다.

　웃기고 자빠지니 이렇게 행복한 것을……

　10년째 진행하는 2박 3일 '웃음치료 행복여행'을 진행하면서
수많은 기적이 시작되었다. 10년 동안 우울증으로 정신과에 입
원했던 사람, 가정 불화로 좌절했던 사람, 암으로 인생을 포기했
던 사람, 집 아홉 채를 날리고 절도죄로 들어온 사람…… 그들이
지금은 이렇게 말하기 때문이다.

　"웃을 일이 없어도 웃기고 자빠지니 이렇게 행복한 것
을……."

개그우먼 김미화 씨의 묘비명은 바로 '웃기고 자빠졌네' 라고 한다. 죽을 때까지 사람들을 웃기다가 그리고 스스로 웃다가 자빠지는 것이라는 것이다.

이처럼 웃음은 남에게도 최고의 선물이지만 나에게 주는 가장 큰 선물이기도 하다. 행복도 건강도 성공도 선택할 수 있는 유일한 길인 것이다.

17년 동안 웃기는 놈으로 살아오면서 오늘도 이렇게 말하고 싶다.

"지금 여기서 우리 모두 웃고 자빠졌으면 좋겠습니다."

이요셉 한국웃음연구소 소장

한국웃음치료센터 원장, 명지대학교 사회교육대학원 웃음학 겸임 교수. 대중에게 웃음을 전파하기 위해 '한국웃음연구소'를 설립한 지 10년이 넘었으며, '박장대소 코리아' '즐거운 아버지 프로젝트 29' 등의 국민운동을 전개하면서 웃음을 통한 개인과 가정의 변화를 유도하고, 수많은 기업에서 웃음 경영 강의를 진행했다. 〈SBS 스페셜〉, MBC 〈시사 매거진〉 등 많은 방송에 출연하여 신비로운 웃음의 힘을 소개하고, 각종 신문과 잡지들을 통해서도 웃음을 전파하고 있다. 저서로는 《웃음으로 기적을 만든 사람들》《인생을 바꾸는 웃음전략》《하루 5분 웃음운동법》《즐거운 아버지》 등이 있다.

# 희망을
# 잣는 물레,
# 시간

은미희
소설가

스스로의 존재를 위태롭게 만드는 것은 무엇일까. 그것은 사람마다 처해 있는 상황과 환경에 따라 다를 터. 어떤 이는 실연의 상처로 숨쉬기도 힘들 만큼 아플 테고, 어떤 이는 갚을 능력을 벗어난 채무로 하루하루가 버거울 테며, 또 어떤 이는 관계와 관계에서 오는 불협화음으로 당장의 시간들이 괴로울 터이다.

세상에 시련과 상처가 없는 이 누가 있을까. 가진 것이 많으면 많은 대로, 적으면 적은 대로 그것들은 온전히 그 부피와 무게로 존재를 위협할 것이다. 인생사 고행이란 말처럼 삶은 결코 녹록지 않은 법. 어떤 때는 말 잘 듣는 연인처럼 수긋하게 따라와 주다가도 어떤 때는 변심한 애인처럼 비수를 꽂고 돌아서는 게 삶이고, 인생이다. 하지만 어떤 이는 그 시련과 역경을 이기고 우뚝 서는가 하면 어떤 이는 그 상처에 함몰돼 진창 속에 살아가기도 한다. 시련을 이기고 오늘을 엽렵하게 살아가는 사람은 그 시련이 있었기에 삶이 더 찬란하고 소중할 수 있지만 그 시련에 함몰돼 만신창이가 되어 살아가는 이는 삶이 끔찍하기 짝이 없을 것이다.

희망이 없는 삶, 그것만큼 또 암담한 일이 있을까. 누군들 희망의 끈을 붙잡고 지혜롭고 현명하게 살고 싶지 않은 이가 있을까마는 어디 삶이 그러고 싶다고 해서 계획대로 따라주는 것이던가. 알게 모르게 다들 지난한 삶의 문제들을 안고서 전전긍긍 살아가고 있는 것이다.


시련이 있기에 삶이 더 찬란하다

내가 아는 한 언니가 있는데, 그 언니 역시 마찬가지다. 이제 손주 재롱이나 지켜보며 남은 생을 정리해도 될 나이인데도 불구하고 그 언니는 아침에 나가 허리 한번 제대로 펴보지 못한 채 밤늦게까지 일을 하고 있다. 언니가 할 수 있는 일은 식당에 나가 반찬을 만들고 고슬고슬 지은 밥을 푸고, 배고픈 사람들에게 밥을 차려 주는 일, 하지만 언니는 그 일을 참으로 행복하게 여긴다. 배고픈 사람들에게 밥을 줄 수 있으니 복을 짓는 일이고, 그 나이에 일을 할 수 있으니 그 또한 다행스러운 일이며, 한 푼이라도 벌어 가계 빚을 줄일 수 있으니 그 또한 감사한 일이라며 스스로를 위로한다. 힘에 부치는 일로 어떤 때는 얼굴이 발갛게 상기돼서는 길게 한숨을 내쉬면서도 한 번도 힘들다, 못살겠다, 엄살을 부리지 않는다. 오히려 삶에 투정을 부리는 내게 언니는 '그래, 그러겠다' 편을 들어 주며 걱정해 준다. 언니의 그 너벳한 품새는 언제나 나를 부끄럽게 만들고 반성하게 만든다.

그 언니와의 인연은 꽤 오래되었다. 햇수로만 19년. 지금은 남의 집에서 밥을 짓고 상을 차려내지만 언니는 한때 손맛으로 이름을 날리던 식당의 주인이었다. 그러니까 그 언니는 내가 자주 가던 식당 '삼미정'의 주인이었다. 지방에서 혼자 살던 시절, 나는 거의 매식으로 끼니를 때우곤 했었다. 집에서 밥을 하고, 찬을 만들다 보면 이것저것 필요한 재료가 많은데, 낱개로는 팔지 않아 하는 수 없이 묶음 포장을 살 수밖에 없었다. 그렇게 사다 놓은 재료는 절반 이상 쓰레기통으로 향했다. 한 번 두 번 물크러지고 곰팡이가 핀 재료들을 버리다 보니 마음이 편치 않았다. 게다가 이렇게 저렇게 따져 보니 오히려 사먹는 게 훨씬 식비가 적게 들었고 그때그때 먹고 싶은 것도 먹을 수 있는데다 영양면으로도 더 나아 매식으로 식사를 해결했다.

　그렇게 언니와의 인연은 시작됐다. 감사하고 고맙게도 언니는 동행 없이 혼자 찾아가 일인분의 밥을 주문해도 싫은 기색 없이 푸짐하게 내주었다. 그러다 언제부턴가는 늘 혼자인 내가 안쓰럽고 애잔했는지 메뉴에도 없는 음식을 일부러 만들어 놓고는 나를 불러 먹였다. 그리고는 맛있고도 배부르게 먹는 나를 지켜보며 흐뭇해했다.

　밥값을 내면 언니는 눈을 부릅 치켜뜨며 한사코 사양했다. 나

는 대신 꽃으로 밥값을 치렀고, 언니는 내가 내민 꽃다발을 받아
들곤 소녀처럼 환한 웃음을 지었다.

그 언니는 어디 한 군데 죽은 곳이 없었다. 피부가 워낙 희고
고와서 그런지 민낯인데도 얼굴엔 빛이 돌았고, 코는 오똑했으
며 입매는 단정하고도 부드러웠다.

한데 그 언니가 어느 날 홀연히 사라져 버렸다. 한옥 한 채를
통째로 빌려 밥집으로 이용해 왔는데, 그 집 주인이 갑자기 세를
올려 달란다면서 걱정스런 표정을 짓더니 온다 간다 말도 없이
종적을 감춰 버린 것이다.

주변 가게와 언니를 알 만한 사람들에게 행여 연락처가 있는
지 물었지만, 아무도, 아무도 언니의 행방을 몰랐다. 언니는 머
리카락 보일까 봐 꽁꽁 숨어 버렸다. 그때의 상심이라니. 아니,
상심을 넘어 내 마음자리 어느 한편에서는 서운함과 야속함이
고였다. 게다가 화가 나기도 했다. 이제까지 언니가 보여 줬던
그 친절과 애정은 가식이었단 말인가. 적어도 언니가 나를 진심
으로 생각했더라면 그렇듯 소식 하나 없이 사라져 버릴 수는 없
는 일이었다.

그렇게 서운한 마음으로 잊어 갈 때, 느닷없이 언니가 전화를
걸어와서는 조심스럽게 자신을 기억하고 있는지 물었다. 3년 만
이었다. 세상에, 어떻게 언니를 잊을 수가 있을까. 나는 내 전화

시련을 이기고 오늘을 엽렵하게 살아가는 사람은

그 시련이 있었기에 삶이 더 찬란하고 소중할 수 있다

번호를 잊지 않고 뒤늦게나마 소식을 전해 주는 언니가 고마웠을 따름이었다. 들뜬 마음에 당장 만나자고 했다. 만나 왜 그렇게 사라져 버렸는지 저간의 사정들을 따져 묻고 싶었다.

하지만 언니는 내 기대와는 달리 만나는 것은 바쁘지 않으니 다음으로 미루자고 했다. 그 음성이 왠지 마음에 걸렸지만 난 묻지 못했다. 나중에 안 사실이었지만 언니는 그때 경기도의 한 암자에서 공양주 보살 생활을 하고 있었다. 아예 출가하려 했지만 나이가 많아 출가까지는 하지 못하고 암자에서 청소하고 밥을 짓고, 절 살림을 도맡아 하고 있었다.

### 오늘의 고생은 내일의 행복

그렇게 또 한 해가 지나고, 나는 마침내 언니를 만나 그간의 사정 이야기를 들을 수 있었다. 언니는 자기의 이야기를 마치 남의 이야기하듯 담담하게 들려줬다. 언니는 삼미정 식당을 운영할 때 남편이 남긴 엄청난 빚을 갚고 있었다고 했다. 남편과는 사별한 줄로만 알았는데, 빚을 갚고 있었다니. 언니의 남편은 건설 회사를 운영하다 부도를 냈고, 그 빚을 고스란히 언니가 떠맡은 모양이었다.

그동안 나는 언니에 대해 아는 것이 없었다. 슬그머니 언니에게 미안한 마음이 들었다. 혼자 몸으로 아들 둘을 키우고 그 빚을 갚느라 얼마나 고생했을까. 하지만 언니는 한 번도 어렵다, 힘들다 티를 내지 않았다. 늘 편해 보이는 얼굴에 입가에는 미소가 떠나지 않았고, 손님을 대하는 품도 야박하지 않아 그저 무난한 줄로만 알았다. 그랬으니 어찌 짐작이나 할 수 있었을까.

언니는 그 뒤 가끔 전화를 걸어와서는 산에 가자며 나를 밖으로 불러냈다. 늘 컴퓨터 앞에만 있으면 건강에 좋지 않다는 이유였다.

나는 그 언니에게 마음 편하게 내 삶을 드러내 보이며 투정을 부렸다. 삶이 내가 원하는 만큼 따라 주지 않는다고, 왜 이렇게 힘이 드는지 모르겠다고 엄살을 부리고 게정을 부렸다.


정말, 지나온 시간들을 곰곰이 돌이켜 생각해 보면 어느 것 하나 쉽게 되는 것이 없었다. 속을 끓이고 애간장을 태우며 그렇게 애면글면 굴게 만들다가도 어느 순간 마지못한 듯 내가 원하는 것을 쥐어 주었다. 그러니 진인사대천명, 최선을 다하고 느긋하게 결과를 기다리면 될 것을 끝까지 좌불안석, 조바심을 태우며 스스로를 닦달하는 성격을 책망도 해보지만 어찌 됐건 내가 살아온 삶은 녹록지 않았다. 게다가 지난 한 해는 참으로 힘들었다. 설상가상이라는 말이 마음에 와 닿는 해였던 것이다. 불행은 결코 혼자 오지 않았다. 불행은 쌍으로 오고, 무더기로 겹쳐 왔다. 그렇게 지난 한 해는 이상하게 되는 게 하나도 없었다. 다 된 일마저 사업이 변경되었다는 이유로 무산됐고, 건강은 건강대로 좋지 않았으며 재정 상태도 엉망이었다.

### 생각이 행동을 만들고 행동이 운명을 만든다

이상하게 노력하면 할수록 일은 더 꼬이고, 오해만 쌓였다. 일체유심조, 새옹지마, 전화위복, 나는 내게 위로가 되고 힘이 될 만한 말들을 주문처럼 외며 살았다. 세상일은 마음먹은 대로 된다느니, 나쁜 일이 나중에는 복이 된다느니, 하는 말들은 당장의 힘든 삶에 위로가 되지 않았다.

나는 언니에게 그렇게 내 고충을 털어놓으며 진절머리를 냈다. 사는 것이 힘들다고. 삶이 지긋지긋하다고. 차라리 더 누추해지고 비참해지기 전에 그만 삶을 부려 놓고 싶다고도 했다.

한데 내 이야기를 말없이 듣고 있던 언니가 한동안 나를 바라보고 있더니 나무라듯 말했다.

"생각이 행동을 만들고, 행동이 운명을 만들어. 그러니 좋은 생각을 해야지."

생각이 행동을 만들고 행동이 운명을 만든다니. 나는 그 순간 서늘한 냉기가 내 몸을 훑고 지나가는 것을 느꼈다. 말이 씨가 되고, 말한 대로 이루어진다는데, 나는 자꾸만 내 삶에 부정적인

찬란한 내일을 만드는 것은 지금 당장의 순간이기도 하다.
이 하찮은 순간이, 이 찰나가, 내일의 희망을 잣고,
내일의 행복을 짓는 바탕인 것이다.

주문을 외고 있었던 것이다. 힘들다, 못살겠다, 삶에 진력이 난다는 그 불온한 푸념들이 나를 만들고 내 운명을 가시덤불 속으로 이끌고 있었다. 그 말의 불온한 파동들이 내게 올 밝은 기운들을 흩트러 놓고 있었던 것이다.

한데 그게 전부가 아니었다. 이어지는 언니의 말은 나를 더 부끄럽고 미안하게 만들었다.

남편이 남긴 빚을 다 갚고 무탈하게 잘살고 있는 줄로만 알았던 언니는 그새 형편이 말이 아니었다. 자리를 잡고 자신의 앞가

림을 하고 있다던 작은아들이 사업을 크게 벌였는데, 그게 잘못된 모양이었다. 혼자만 실패했으면 가족들이 나서서 어떻게든 수습했겠지만 안타깝게도 그 아들은 가족들에게 보증을 세우고 손을 벌리기까지 하면서 언니는 또다시 수십억이나 되는 아들의 빚을 고스란히 떠안은 모양이었다.

이제 진갑을 얼마 남겨 두지 않은 언니에게 그 빚은 너무나도 큰 액수였다. 남편의 빚을 갚은 지가 언제인데, 또다시 아들 빚이라니. 천근만근 무너지는 몸을 이끌고 매일 식당으로 출근해 일을 해야 하는 상황이 버거울 법한데 언니는 내게 이야기를 하는 동안에도 미소를 잃지 않았다.

### 업 닦음의 미학이 뿜어내는 초인적 힘

언니의 힘이 어디서 나오는지 나는 알 수 없었다. 언니의 초인적인 인내가 종교적인 믿음에서 기인한 것인지, 아니면 성격적인 것인지 그 긍정적 태도가 부럽기만 했다. 자신 역시 힘들 텐데 언제나처럼 나에 대한 위로의 말도 잊지 않았다. 이생에서 하는 고생은 업 닦음이라고. 열심히 고생해서 업 닦음을 하는데 무어 힘들겠냐고. 오히려 즐거웠으면 즐거웠지 하나도 힘들지 않다고. 오늘 하루 고생한 만큼 자신의 업이 사라지는데 왜 힘이 들겠냐고. 업 닦음이라니.

그래, 그렇게라도 생각해야 언니는 하루하루를 견딜 수 있을 것이다. 매서운 빚 독촉으로부터 견딜 수 있을 테며, 허리 한번 제대로 펴보지 못하고 하루 종일 물일을 해야 하는 그 고된 일로부터도 얼마간 위안을 받을 수 있을 것이다. 언니가 말하는 그 업이 소멸되는 날, 언니에게는 쨍하고 해가 뜰 것이다. 언니는 그렇게 되리라고 믿고 오늘도 오늘 하루치의 업 닦음을 하고, 또 그만큼 행복해할 것이다.

가만 생각해 보면 존재를 가장 위태롭게 만드는 것은 희망이 없는 삶일 게다. 희망이 없는 삶. 아무리 노력하고 고생해 봐야 하나도 나아질 기미가 없고 기대할 것이 없다는 그 절망적인 확신이 삶을 고역으로 만드는 것이다.

하지만 세상에 공짜는 없다. 새벽이 오기 전이 가장 춥고, 산이 크면 계곡도 깊다고 하지 않던가. 그러니 지금 이 순간 삶의 진창 속에서 헤매고 있다 하더라도 언젠가 한 번쯤은 그 삶에 찬란한 순간은 있었을 터. 삶은 그 찬란한 순간으로 인해 견딜 수 있으며, 언젠가는 다시 그 찬란한 순간이 짜잔, 하고 돌아올 것이다.

이 하찮은 순간이 내일의 희망을 잣는다

우리는 과거 현재 미래를 동시에 살고 있다. 지금 당장의 이 순간은 과거이기도 하며 현재이고, 또 미래의 단초이기도 하다. 그러니 우리는 과거 현재 미래를 동시에 살고 있는 셈이다. 찬란한 내일을 만드는 것은 지금 당장의 순간이기도 하다. 오늘 이 순간이 나의 내일을 결정짓는 것이다. 이 하찮은 순간이, 이 찰나가, 내일의 희망을 잣고, 내일의 행복을 짓는 바탕인 것이다.

푸념만 하고 있어도 시간은 가고, 열심히 살아도 시간은 가는 법. 그러니 푸념만 하며 시간을 흘려보내기에는 너무 아깝지 않은가. 매사에 최선을 다하고, 진정을 다하다 보면 어느 순간 그 기나긴 터널의 끝에 다다라 있거나 자신도 모르는 어떤 지점에 닿아 있을 것이다. 그 지점이 어떤 풍경인지는 알 수 없다. 그저 이 순간을 얼마나 열심히 살아내느냐에 따라 그 풍경이 달라질 뿐. 그러니 어찌 이 순간을 허투루 할 수 있을까.

이 순간은 찬란한 내일을 잣는 물레이니 부디, 희망을 가지시라.


**은미희** 소설가

1960년 전남 목포 출생. 광주 문화방송 성우를 거쳐, 〈전남매일〉에서 기자 생활을 했다. 1996년 단편 〈누에는 고치 속에서 무슨 꿈을 꾸는가〉로 〈전남일보〉 신춘문예에, 1999년 단편 〈다시 나는 새〉로 〈문화일보〉 신춘문예에 당선되면서 소설가로서 활동을 시작했다. 2001년 장편소설 《비둘기집 사람들》로 삼성문학상을 수상했다. 저서로는 단편소설집 《만두 빚는 여자》, 장편소설 《나비야 나비야》《흑치마 사다코》《소수의 사랑》《바람의 노래》《18세, 첫경험》《바람남자 나무여자》 등이 있다.

# 희망
# 바이러스
# 보균자들

이나미
소설가

시인이자 소설가, 동화 작가로, 우리에게는 《정글북》으로 잘 알려진 루디야드 키플링이 아들에게 쓴 편지에는 이런 구절이 있다.

"인생의 비밀은 단 한 가지, 네가 세상을 대하는 것과 똑같은 방식으로 세상도 너를 대한다는 것. 네가 세상을 향해 웃으면 세상은 더욱 활짝 웃을 것이요, 네가 찡그리면 세상은 더욱 찌푸릴 것이다."

또 그가 쓴 〈만일〉이라는 시 역시 오래 여운이 남아, 기회가 될 때마다 자녀를 둔 지인들에게 소개하는데 일부를 옮겨 본다.

만일 네가 모든 걸 잃었고

모두가 너를 비난할 때

너 자신이 머리를 똑바로 쳐들 수 있다면,


만일 모든 사람이 너를 의심할 때

너 자신은 스스로를 신뢰할 수 있다면,

(……)

그리고 만일 인생의 길에서

성공과 실패를 만나더라도

그 두 가지를 똑같은 것으로 받아들일 수 있다면,

(……)

만일 너의 전 생애를 바친 일이 무너지더라도

몸을 굽혀 그걸 다시 일으켜 세울 수 있다면,

한 번쯤은 네가 쌓아 올린 모든 걸 걸고

내기를 했다가 다 잃더라도 처음부터 다시 시작할 수 있다면,

그러면서도 네가 잃은 것에 대해 침묵할 수 있고

다 잃은 뒤에도 변함없이

네 가슴과 어깨와 머리가 널 위해 일할 수 있다면,


설령 너에게 아무것도 남아 있지 않다 해도

강한 의지로 그것들을 움직일 수 있다면


그리고 만일 네가 도저히 용서할 수 없는 1분간을
거리를 두고 바라보는 60초로 대신할 수 있다면,


세상은 너의 것이며
너는 비로소
한 사람의 어른이 되는 것이다

### 한 사람의 어른이 된다는 것의 의미

한 사람의 인격체로 성장한다는 것은 참으로 많은 인내와 자기 수양, 다스림을 필요로 한다.

몇 해 전, 우연히 《스물둘에 별이 된 테리》라는 책을 읽은 적이 있다. 암으로 한쪽 다리를 잃었지만 좌절하지 않고 암연구기금 모금을 위해 캐나다 대륙 횡단에 나섰던 캐나다의 국민 영웅, 테리 폭스의 일생을 담은 책이다. 영화로도 제작돼 많은 사람들에게 감동을 준 바 있다. 고작 열여덟 살이라는 어린 나이에 골육종으로 오른쪽 다리를 절단하고 암 치료를 받던 중, 어린이들이 암으로 고통 받는 것을 보고 안타까운 마음을 금치 못해 암 퇴치 기금을 모금하려고 캐나다 횡단에 나섰다.

　한쪽 다리엔 의족을 한 채 무려 5,373킬로미터의 대륙을 달렸지만, 암세포가 폐로 전이돼 결국 중도에 마라톤을 포기했고 1981년 스물두 살의 나이에 세상을 떠났다. 비록 테리 폭스는 세상을 떠났지만 조국 캐나다에선 그의 뜻과 정신을 기려 지금까지 매년 '희망의 달리기'를 개최해 암연구기금을 모금하고 있다.

　〈희망의 마라톤〉으로 불리는 이 행사는 우리나라뿐 아니라 전 세계 60여 개국에서 매년 개최되고 있다. 한 청년의 굳은 의지와 이타심이 수많은 암환자들에게 힘과 용기를 주었고, 나아가 암 치료 발전에 큰 공을 세운 것이다.

## 우리는 저마다 자신 인생의 마라토너

우린 저마다 자신에게 주어진 인생의 마라톤을 달리고 있다. 어떤 의지와 소망, 바람을 갖고 달리는지 알 순 없지만, 이왕이면 자신과 더불어 주변 사람들에게 희망을 주는 '희망 달리기'라면 더욱 좋겠다. 혹시 지금, 중도에서 지쳐 주저앉았거나, 포기를 생각하고 있다면…… 운동화 끈 고쳐 매고, 다시 달리는 게 필요하다.

고령화 시대로 접어들면서 많은 사람들의 화두는 건강이다. 곧 100세 장수시대가 열린다는 말에 너도나도 건강을 챙기는데, 우리가 자의와 상관없이 희망의 끈을 놓는 경우는 아마도 중병에 걸렸을 때가 아닐까 싶다.

독일의 통계학 교수인 발터 크래머와 괴츠 트렌클러 등이 함께 펴낸《상식의 오류 사전 747》을 보면 흥미로운 이야기가 나온다.

이 세상에 교통사고가 없으면 5개월, 호흡기 질환이나 소화기 질환이 없으면 7개월, 심혈관 질환이 없으면 기껏 7년 더 오래 산다고 한다. 대부분의 사람들은 현재 우리나라의 사망 원인 1위가 암이라, 암 질환만 없으면 훨씬 더 오래 살 수 있다고 믿지만, 실은 3년 미만이란다.

우리가 '잘 알고 있다'고 생각하는 지식이 어쩌면 피상적 허

우린 저마다 자신에게 주어진 인생의 마라톤을 달리고 있다.
어떤 의지와 소망, 바람을 갖고 달리는지 알 순 없지만, 이왕이면
자신과 더불어 주변 사람들에게 희망을 주는
'희망 달리기' 라면 더욱 좋겠다.

구에 지나지 않나…… 싶은 생각이 든다.

암에 걸리면 반드시 죽는다는 말도, 사실은 부정적인 지식에서 빚어진 식자우환의 한 예가 아닐는지…… 어찌 됐든 암에 관한 지식이 많을수록, 암 선고를 받은 환자들은 제풀에 질려 더빨리 죽는다는 연구 결과를 본 적이 있다. 병에 대한 공포야말로 그릇된 지식이 빚어낸 어처구니없는 잡념의 산물이 아닐까 싶다.

몸과 마음이 함께 건강하려면 지나친 확대 해석과 비관, 부정적인 마음을 내려놓는 것이 무엇보다 중요하다. 긍정적으로 하루하루에 충실하는 것이야말로 건강한 삶, 희망적인 삶을 누리는 지름길이다.

그런가 하면 신경 종양으로 목뼈가 주저앉아 23년 동안 머리를 쇄골 사이에 박은 채 살아온 여성이 있다. 우연히 신문을 통해 접한 그녀의 증세는 절망을 넘어, 완전 체념과 포기에 가까웠다.

다발성 종양이 목뼈를 갉아먹어 목이 165도 접혔고, 경추는 3번부터 7번까지 사라져, 왼쪽 팔다리가 마비됐고, 더 악화되면 호흡 신경 마비로 생명마저 위험한 상황이었다. 휠체어에 의지한 채 서울의 유명 병원을 찾아다녔지만 수술이 불가능할뿐더러 수술하다 죽을 수 있다는 이유로 다들 고개를 저었다.

우여곡절 끝에 국내 경추 재건 수술의 권위자인 의사의 도움으로 세 차례에 걸쳐 성공적으로 수술 받은 그녀가 고개를 들었다. 무려 23년 만에 정면으로 세상을 바라보게 된 것이다.

태어나서 처음 스카프를 매본다는 그녀는 얼마 전 모 방송국 라디오 프로그램에서 들뜬 목소리로 인터뷰했다.

"다들 가망 없다고 말할 때, 오직 그 의사 선생님께선, 계속 이렇게 살 순 없지 않냐? 누구나 다 소중한 생명인데! 쉽지 않겠지만, 치료해 보자며 제게 신뢰와 확신을 심어 주셨어요. 그 선생님 덕분에 비로소 삶에 희망과 확신이 생겼고, 이렇게 제2의 인생을 시작하게 돼 너무 감사해요."

꽃 피는 4월이 오면 머리에 관처럼 쓰고 있는 보조기를 떼고, 머리도 감을 수 있단다. 비록 지금은 옷을 가위로 잘라 입고 벗지만, 봄이 오면 예쁜 블라우스도 입고 꽃무늬 스카프도 나비처럼 두르고 싶은 여자로서의 소망이 생겼단다.

그뿐인가. 유일한 생계 수단인 옷 재봉 바느질을 다시 시작할 수 있게 돼 한시름 덜었다는 그녀의 희망 사항은 현재 진행형이다. 무려 23년 동안 '목이 꺾인 여자'로 살면서도 초긍정의 마음가짐과 밝고 활기찬 음성을 잃지 않았던 그녀는 이제 남은 시간을 선교 단체에서 봉사하는 삶을 꿈꾸고 있다.

인생 꽉 막히고 첩첩산중에 들어앉은 듯 답답할 때면
닫힌 문고리만 바라보며 낙담할 것이 아니라,
**반대편 창문을 활짝 여는 발상의 전환**이 필요하다.

찬송이는 선천성 무뇌 수두증을 안고 1.7킬로그램의 미숙아로 태어났다. 친부모는 출생 신고조차 거부하며 '나 몰라라' 했고, 병원에선 3개월을 넘기기 힘들다며 고개를 저었다. 대뇌가 있어야 할 자리에 뇌 척수액이 가득 차 머리 둘레가 비정상적으로 커져 ET와 흡사한 아이는 태어나자마자 부모에게 버림받은 채 죽음과 싸우고 있었다. 그런 아이를 입양해 지극 정성으로 돌봐온 개척 교회 노부부 목사가 있다.

뇌에 고인 물을 빼는 기관 삽입 수술도 할 수 없을 정도로 몸이 약해 점점 머리가 커지니 아이는 먹지도 자지도 못하고, 4년 내내 울기만 했다. 네 살 때 기적적으로 뇌에 고였던 척수액을 빼는 수술을 받은 후 머리 크기가 정상으로 돌아오자 울음은 그쳤지만, 대소변을 가릴 수 없게 됐고, 콧줄에 의지하던 영양식도 위장에 관을 뚫어 튜브로 연명하고 있다.

건강도 희망도 없던 아이를 가슴으로 품은 지 10년, 한 마리 가냘픈 새 같던 아이는 이젠 어엿한 열 살 소녀로 자랐다. 비록 말도 못하고 1년 내내 누워 지내지만 좋고 싫은 것을 분명하게 표현하고 이따금 미소도 짓는다. 10년간 엄마의 품속에서 사랑을 먹고 자란 까닭에 두 사람 사이엔 말보다 더 잘 통하는 '느낌'으로 의사소통을 한다.

　개척 교회라는 어려운 상황에서 위암 선고까지 받은 아빠 목
사님은 찬송이의 치료비를 보태기 위해 밤에 대리운전 일까지
한다. 그러면서도 늘 찬송이를 보며 '네 덕분에 산다! 네가 있어
행복하다'고 말하는 60대 초로의 노부부…… 주변에선 경제적
으로 넉넉지 못한 상황에서 데리고 있는 것만이 능사는 아니지
않느냐, 장애인 시설에 보내라고 권유하지만, 엄마 아빠는 여력
이 닿는 그날까지 어떻게든 직접 아이를 돌봐 주며 사랑으로 키
우고 싶어 한다.

행복 바이러스 보균자들이 많아 그래도 아직 우리 사회에 희망이 있구나…… 살 만한 세상이구나 싶다.

### 반대편 창문을 활짝 여는 발상의 전환 필요

하루하루 살아가면서 정작 우리가 괴롭고 힘든 것은, 내 앞에 벌어진 절망적인 상황이나 현실 때문이 아니라, 그 상황으로 인해 내 맘속에 일어나는 복잡다단한 상념들 때문이다.

왜 내게만 이런 일이 벌어지는 걸까? 아, 불가항력이야. 도저히 이 상황을 견딜 수 없어, 다른 사람들 같으면 진작 삶을 포기했겠지. 결국 나도 포기해야 하나……? 맘을 휘젓는 복잡한 상념들, 마음속에 연연하는 것들을 때로는 내려놓는 것이 필요하다.

율리우스 카이사르는, '사람은 누구나 모든 현실을 다 볼 순 없다. 그러다 보니 자기가 보고 싶은 현실밖에 보지 못한다'고 말했다. 때문에 사람들 사이엔 견해차가 커지고, 갈등의 골이 깊어져 마음의 상심도 크다.

우리가 살아가면서 실천해야 할 삶의 지혜 중 한 가지는, 좋았든, 기억하고 싶지 않든 간에, 지난날은 다 무효다. 소용없는 일에 집착하는 것은 인생에 결코 도움이 되지 않으니 하루빨리 잊고 털어내는 게 중요하다. 작은 일에 크게 기뻐하고 열과 성의를 다할수록 기쁜 일이 늘어나는 법이다.

우리의 삶도 시련과 인내로 단련될 때 잘 빚어진 도자기처럼 쓸모 있고,
은은한 자태와 기품, 향기로 주변을 물들이지 않을까 싶다.

헬렌 켈러는 한쪽 방문이 닫히면, 다른 쪽 창문이 열리는 법이라고 말했다. 내 인생 꽉 막히고 첩첩산중에 들어앉은 듯 답답할 때면 닫힌 문고리만 바라보며 낙담할 것이 아니라, 반대편 창문을 활짝 여는 발상의 전환이 필요하다.

도자기를 굽는 사람은 가마에서 나온 도자기 중에 망쳤다 싶은 것을 일일이 두드려 보거나 이리저리 살펴보지 않는다. 잘 구워져서 맘에 들 경우 쓸모가 있나, 작품이 될 만한가 싶을 때 두드려 보고 매만지게 마련이다. 우리의 삶도 시련과 인내로 단련될 때 잘 빚어진 도자기처럼 쓸모 있고, 은은한 자태와 기품, 향기로 주변을 물들이지 않을까 싶다.

이나미 소설가

1961년 서울 출생, 서울예대와 고리키문학대학을 졸업했다. 1988년 〈서울신문〉 신춘문예로 등단했으며, 소설집 《얼음가시》 《빙화》 《수상한 하루》 등이 있고, 2008년 김준성문학상을 수상했다.

# 가슴속에
## 피우는
### 희망의 꽃

이수광
소설가

    때때로 지인들을 만나면 그들은 나를 보고 감탄한다. 다른 이유가 있어서가 아니라 그들은 나의 흰머리, 백발을 보고 참 깨끗하다고 감탄을 하는데 나는 그런 말을 들을 때마다 내가 벌써 늙었구나, 하는 생각 때문에 기분이 그다지 좋지는 않다.

    사람은 누구나 나이가 들고 늙게 된다. 인생에서 수많은 희로애락을 겪으면서 아등바등 살다가 보면 어느 날 머리가 하얗게 센 것을 발견하게 된다. 그때 나름대로 충격을 받으면서 인생을 되돌아보게 된다. 그리고 어릴 때의 고생들이 주마등처럼 머릿속에 떠오른다. 우리 세대의 많은 사람들이 궁핍하게 살았듯 나 역시 예외는 아니었다. 가난한 농사꾼의 셋째 아들로 학교에 다니기 시작했으나 가정 형편 때문에 학업을 계속하지 못하고 중학교를 중퇴한 뒤에 무작정 상경길에 올랐다. 수중에는 1,500원밖에 없었고, 작고 여린 내 가슴에는 작가가 되겠다는 희망의 싹이 하나 자라고 있을 뿐이었다.

### 작가 되겠다는 희망의 싹 하나 품고 상경

그때부터 나는 서울에서 참담할 정도로 고생을 했다. 기계에 손가락이 잘려져 나가는가 하면 하루 16시간씩 중노동을 하는 일이 계속되었다. 낮에는 코피가 터질 정도로 중노동을 했으나 밤에는 책을 읽고 습작 생활을 했다. 그리고 10여 년 만에 〈중앙일보〉 신춘문예에 당선되어 작가가 되었다. 마침내 가슴속에 키우던 희망의 싹을 꽃으로 피운 것이다. 그때의 감격은 이루 말할 수가 없다.

나는 한때 역사의 고장이라 불리는 강화도의 한 공장에 다니면서 결혼도 하고 아이들도 낳았다. 큰아이는 딸이고 작은아이는 아들이다. 두 아이는 무럭무럭 잘 자라서 딸은 발레리나가 되고 아들은 빨간 마후라를 두른 전투기 조종사가 되었다.

딸이 태어났을 때 살던 집은 허름한 블록집이고 마당이 있었다. 그래도 마당에는 포도나무가 한 그루 있어서 해마다 포도가 주렁주렁 열렸다.

옛날에는 딸이 태어나면 오동나무를 심었다. 딸이 자라서 시집을 갈 때 오동나무를 베어 혼수로 가져갈 가구를 만들어 주었다고 한다.

"이 장미꽃처럼 예쁘게 잘 자라다오."

나는 딸이 태어나자 오동나무 대신 장미꽃처럼 예쁘게 자라라고 백장미 한 그루를 사다가 마당에 심었다. 가난한 무명작가이자 공장에 다니는 아빠로서 해줄 것이 없었다. 그런데 다음 해에 장미꽃이 피었는데 백장미가 아니라 빨간 장미였다.

'묘목상에게 속았구나.'

나는 실망했으나 다시 백장미 묘목을 사다가 심었다. 이번에는 백장미가 틀림없어서 이듬해 5월이 되자 해마다 하얀 장미꽃이 탐스럽게 피었다. 그러나 열흘 붉은 꽃은 없다. 백장미는 며칠 동안만 탐스럽게 피고 금세 시들었다. 나는 꽃이 시드는 것이 안타까워 시들 무렵 전지를 해주었다. 그러자 전지를 할 때마다 다른 가지가 뻗어 나오며 흰 장미꽃은 가을까지 계속 피었다.

해마다 장미꽃이 예쁘게 피듯이 아이들도 예쁘고 건강하게 잘 자랐다. 아이들은 온종일 밖에 나가 흙과 풀밭에서 뛰어놀다가 해가 진 뒤에야 집으로 돌아왔다. 산과 들을 뛰어다니며 건강하게 자랐다. 아이들과 시골에서 사는 삶은 비록 가난했어도 행복

"이 아이는 발레에 대한 희망과 열정을 가지고 있어요.
어린아이가 얼마나 발레를 하고 싶었으면 추운 겨울에 혼자 와서 연습을
했을까 생각했어요. 이런 아이가 학원비를 낼 수 없어서 그만두면 안 되지요.
IMF가 끝날 때까지 그냥 보내세요."

했던 것 같다.

### 딸의 희망 지켜주지 못한 아버지의 속울음

7, 8년 후, 뜻하지 않게 서울로 이사를 오게 되었고 딸은 우연히 발레를 배우게 되었다. 서울 생활은 시골 생활처럼 즐겁지가 않았다. 서울은 모든 것이 각박했고 그야말로 바쁘게 움직여야 살 수 있었다. 게다가 2, 3년 후 IMF가 왔다. 딸에게 더 이상 발레를 가르칠 수 없게 되었다. 딸은 정식 발레리나가 되고 싶어 했다. 그러나 IMF 때문에 발레를 계속할 수가 없었다. 딸은 희망이 사라지자 소리 내어 울었고, 아빠는 딸의 희망을 이루어 주지 못해 가슴으로 울었다. 결국 발레학원에 찾아가 그만 배운다는 말을 할 수밖에 없었다.

"IMF 때문에 어려우시면 돈을 내지 말고 그냥 보내세요."

발레학원 원장의 말이었다.

"어떻게 그럴 수가 있습니까?"

나는 놀라서 물었다.

"이 아이는 발레에 대한 희망과 열정을 가지고 있어요. 일요일에는 학원에 아무도 없는데 몰래 혼자 와서 연습하곤 했어요. 처음에는 경비 아저씨가 야단을 치며 쫓아냈어요. 한겨울이라 스팀도 들어오지 않는데 초등학교 3학년짜리가 혼자 연습을 하

역경을 딛고 독일 드레스덴 젬퍼오퍼발레단의 솔리스트가 된 이상은 발레리나

니까 경비도 귀찮았을 거예요. 그런 보고를 받았을 때 처음엔 나도 괜찮다고 생각했어요. 그런데 가만히 생각해 보니 어린아이가 얼마나 발레를 하고 싶었으면 추운 겨울에 혼자 와서 연습을 했을까 생각했어요. 그래서 제가 경비에게 그 아이가 연습하러 오면 모른 체하고 그냥 두라고 했어요. 아이가 마음대로 연습을 하게요. 이런 아이가 학원비를 낼 수 없어서 그만두면 안 되지요. IMF가 끝날 때까지 그냥 보내세요."

원장은 딸을 학원에 무료로 다니게 하는 이유를 그렇게 설명했다. 그녀는 수석 발레리나 출신이었고 그 학원은 일반 학원이 아니라 국내 유수의 발레단 부설 학원이었다.

"그럼 어떻게 신세를 갚아야 합니까?"

나는 원장에게 감동하여 그렇게 물었다.

"아이가 꿈과 열정을 갖고 있는데 무슨 신세예요? 나중에 아무개 제자였다고만 말씀해 주시면 고맙겠어요. 제가 바라는 것은 그것뿐이에요."

원장은 잔잔하게 웃으면서 대답했다. 원장으로 인해 딸은 다시 발레리나에 대한 희망을 갖게 되었다. 원장은 딸에게 훌륭한 스승이었다. 나는 딸이 일요일에 발레학원을 찾아가 몰래 연습을 했다는 사실조차 전혀 몰랐다.

### 열정과 희망으로 다시 찾은 발레리나의 꿈

딸이 중학생이 되고 고등학생이 되었을 때는 발레 연습 때문에 밤 11시가 가까워서야 집에 돌아왔다. 지하철역에서 집으로 오는 길이 으슥한 골목길이었기 때문에 아내나 내가 항상 마중을 나가 가방을 받아 들고 집으로 돌아왔다.

"오늘 힘들지 않았어?"

딸에게는 그 한마디를 물어보는 것이 고작이었다.

"괜찮아."

딸의 대답도 짧았다. 지금 생각해 보면 별다른 대화를 나누진 않았으나 딸과 함께 골목길을 걸으며 집으로 돌아오던 일이 딸의 희망을 격려하는 일이 아니었나 싶다.

딸은 그 후 국제 콩쿠르에서 대상을 받는가 하면 유럽 여러 콩쿠르에도 입상하여 지금은 세계적인 발레단인 독일 드레스덴의 '젬퍼오퍼발레단'에서 솔리스트로 활약하고 있다.

딸이 직접 말하지는 않았으나 나는 딸이 자신의 가슴속에서 희망의 꽃을 피웠다고 생각한다.

수석 발레리나였던 발레학원 원장과는 지금도 스승과 제자의 연을 계속 이어가고 있다. 딸이 독일로 출국할 때도 목걸이까지 선물하면서 제자의 발전을 기원해 주었다.

그렇게 딸은 어엿한 성인이 되었고 나는 늙었다. 거울 앞에서

흰머리를 보면 세월의 무상함을 느끼게 된다.

무명작가에서 대중 소설가로 희망을 노래하다

　나는 작가다. 대중 역사서를 쓰고 추리소설을 쓴다. 대중 역사서나 추리소설을 쓸 때 나의 시선은 항상 낮은 곳을 향하고 있다. 나는 충청도의 한 시골에서 태어났고 아홉 살까지는 기차조차 본 일이 없었다. 중학교를 중퇴한 뒤에 서울로 무작정 상경하여 떠돌이 목공 생활을 했다. 가난은 나의 벗이고 이웃이었다. 목공일을 오랫동안 하여 한때 창호 분야에서 우리나라에서 둘째가라면 서러워한다고 자부하기도 했다. 그러나 목공일로는 생계를 이어 나갈 수 없었다. 우리나라는 기술을 갖고 있는 사람들에게 안정적인 생활을 보장해 주지 못한다. 떠돌이 목공 생활이 너무나 고달팠으나 그 속에서 항상 책을 읽고 글을 쓰려고 노력했다.

나에게는 작가가 희망이었다. 작가가 되기 위해 단 한 번도 희망을 버리지 않았다. 그 희망을 이루기 위해 부단히 노력했고 마침내 작가의 꿈을 이루었다.

최근 나의 희망은 모든 것을 내려놓고 떠나는 자유로운 여행이다. 국내 여행도 좋고 국외 여행도 좋다. 낯선 곳에서, 낯선 사람들과 만나 이야기를 나누고, 허름한 목로주점에서 한잔의 술을 마시는 여행을 떠나는 것이 희망이다.

비가 올 때 떠나도 좋고, 눈이 올 때 떠나도 좋다. 아직은 여건이 허락되지 않아 떠나지 못하지만 조만간 떠날 것이고, 나는 길에서 낯선 사람들과 인생을 이야기하는 희망을 이룰 것이다.

**이수광** 소설가

1954년 충북 제천 출생. 1983년 〈중앙일보〉 신춘문예에 단편 〈바람이여 넋이여〉가 당선되어 등단. 《저 문 밖에 어둠이》로 제14회 삼성문학상(소설 부문), 미스터리클럽 제2회 독자상, 제10회 한국추리문학 대상을 수상했다. 추리와 역사를 넘나드는 자유로운 글쓰기와 상상력으로 대한민국의 팩션형 역사소설 장르를 개척했다는 평가를 받고 있다. 저서로는 《박정희 1·2》 《나는 조선의 국모다》 《신의 구암 허준》 《조선을 뒤흔든 16가지 살인사건》 《조선을 뒤흔든 16가지 연애사건》 《정도전》 《조선 명탐정 정약용》 《그리워하다 죽으리》 《철의 여인, 인수대비》 《소현세자 독살 사건》 《조선의 프로페셔널》 등이 있다.

4장

그래도 세상은
희망으로 가득하다

# 내 안의 빛,
# 그 환상의
# 봄을 찾아

이청해
소설가

까마귀 한 마리가 허공을 날아간다. 너무 가붓하고, 요동친다.
자세히 보니 까만 비닐봉지다. 봄바람이 사나운 모양이다. 휘이
익 비닐봉지가 아파트 15층 높이까지 솟아올라, 휘뚝휘뚝 춤을
추며 연립주택 지붕 위로 날아간다. 스스로 자기를 제어하지 못
하고 있다. 지금 그의 주인은 바람이고, 환경이다. 종내 어떻게
되려나 궁금해서 베란다 창문에 눈을 가져다 댄다. 더 이상은 날
아오르지 못하고 어린이 놀이터 위를 떠돌다가 침엽수 가지에
걸려 버린다. 에이…… 나는 실망한다. 그리고 걱정이 된다. 단
단히 걸렸는지 나뭇가지에서 떨어지지 않는다. 펄럭펄럭 마구

나부낀다. 그 소리가 환청으로 귀 아프게 들린다. 이제 그의 운명은 어떻게 될까?

### 조건을 뛰어넘어 희망을 선사하는 파격의 사람들

잠깐 내 인생을, 사람들의 삶을 검은 비닐봉지에 비교해 본다. 많은 비닐봉지들 가운데서 높이 솟아오른 게 그에게는 행운이었을까? 행운 끝에 나뭇가지에 걸려 버린 건 치명적인 사고였을까? 그러나 예기치 않은 기회로 바뀔 수도 있지 않을까? 무엇이 비닐봉지에게는 성공일까? 날아오르지 못한 수많은 비닐봉지들은 이 특별한 동료를 어떻게 생각할까? 누가 행복하고 누가 불행한 걸까? 그건 누가 정하는가? 본인이? 타인들이? 아니면 하느님이?

나는 감히 말한다.

인생은 불공평하다!

그리고 운이라는 게 있다.

이 두 가지를 인정하는 것으로부터 자기 삶의 진정한 노력이 시작된다고 생각한다. 운명론을 설파하려는 게 아니다. 조용한 눈으로 세상을 보라. 금숟가락을 물고 태어나는 아이도 있고, 유리 구두를 신고 태어나는 아이도 있다. 술주정뱅이의 지진아 아들로 자라나는 아이도 있고, 고아로 버려져 부모 없이 성장하는 아이도 있다. 공교육이 있어 기회가 열려 있다는 측면에선 평등하다고 생각하는데, 전부를 보자면 전혀 평등하지 않다. 그럼에도 주어진 조건을 뛰어넘어 파격적으로 성공한 사람들이 있고, 그들이 우리에게 희망을 선사한다.

살아가는 것도, 성공하는 것도 사실은 여의치 않다. 거의 모든 사람들이, 아마도 99.9퍼센트의 사람들이 여의치 않은 부류에 속해 있다.

어떻게 할 것인가?

'네 운명을 사랑하라'는 말이 태양처럼 떠오른다. 니체가 한 말이다. 공연한 말이 아니다. 현실이 어떠하든, 불운 속에 떠내려갈지라도 남의 운명을 사랑할 필요가 없다. 그건 내 것이 아니니까. 〈태양은 가득히〉라는 영화에서 주인공 알랭 드롱이 부자인 자기 친구의 신발을 몰래 신어 보던 장면을 잊을 수가 없다. 젊음과 욕망으로 그는 친구의 상류 생활을 부러워하다 여차하여 그를 죽였고, 파멸을 맞을 수밖에 없었다. 좋은 옷, 좋은 음식, 좋은 신발, 예쁜 애인…… 하얀 요트와 지중해의 햇살…… 얼마나 부러웠으랴? 젊은 알랭 드롱의 잘생긴 얼굴과 르네 클레망의 연출, 애수 어린 음악이 겹쳐져 뼈아픈 공감을 자아냈다.

그러나 어쨌든 제대로 살아가자면 자신이 처한 현실을 받아들여야 하고, 받아들일 수밖에 없다. 부자를 부러워해 봤자 내게

생기는 건 아무것도 없다. 돈에는 엄청난 힘이 붙어 있어서 오히려 가진 자들은 영화에서처럼 내 위에 군림하려 하고, 나를 깔보고, 결국 나를 하인으로 부려먹는다. 그게 돈의 속성이다.

영혼을 걸고 펼치는 인생의 멋진 한판

내 밖의 횡포에 시달리지 않고 우뚝 기둥처럼 살아가기 위해서는 자존심이 필요하다. 그걸 세우기 위해 나만의 '존재 의미'

를 만들어야 한다. 만들고 보면 실제로 그런 의미가 있다. '나는 나'로서 살겠다는 선언인 셈. 윤흥길의 단편 〈아홉 켤레의 구두로 남은 사내〉에 보면 모든 것을 잃은 사내가 매일같이 아홉 켤레의 구두를 반짝반짝 닦으며 살아간다. 그에게는 그 구두들이 자존심이요, 긍지다. 아무리 초라한 인간에게도 마지막 자존심은 있는 법. 꽃거지에게는 꽃이 마지막 자존심이다. 우리가 어릴 적에는 꽃거지가 정말 있었다. 대개 정신이 약간 돈 사람들이었는데, 봄이 오면 온몸에 꽃을 꽂고 나타나고는 했다. 그에게는 꽃이 자기 삶의 열망이요, 희망의 아름다운 상징이었다. 그것을 건드리거나 빼앗다가는 이쪽이 죽을 각오를 해야 했다. 마치 황소처럼 돌진해 눈을 까뒤집고 거품 물며 덤벼들었다. 말하자면 자기애自己愛였다. 실패자나 거지도 이러할진대 보통 사람은 말해 무엇하랴?

단지 그 존재 의미가 남들과 같아야 할 필요는 없다. 타인에게 해가 되거나 인류의 발전을 저해하지 않는다면, 궁극적으로 자기를 성장하게 하는 거라면, 나아가 영혼을 걸고 하는 거라면 그의 인생은 멋진 한판이 될 것이다.

나 아닌 다른 사람들도 모두 나름의 고민을 지니고 있다는 사실을 염두에 두면 좋을 것이다. 인생은 그리 단순하지 않아서 행운만을 부여받은 사람들도 권태와 무료에 젖어 인생을 망치기도

하고, 자살하기도 한다. 그들의 하루하루도 난감하고 하기 싫은 일들로 채워져 있다. 내가 그의 상태를 부러워하는 동안만 내 의식 속에서 그는 행복한 것이다.

### 모든 일이 암울해진 예순 살에 시작한 암벽 산행

나는 예순 살이 넘어 암벽 산행을 시작했다. 신체가 쇠약해지고 눈이 극도로 나빠져 모든 것이 암울해지기 시작했을 때, 나는 내 가슴속 깊은 곳에 숨어 있는 자아에게 물었다. 이대로 죽을 것인가, 죽기 전에 무엇이 해보고 싶은가? 이제 내려가는 일만 남았다고 생각되었다. 별로 올라오지도 않았는데 내려가야 하다니, 허망하고, 허탈했다. 못 다한 걸 이루고 가자든지 마무리를 하겠다는 생각은 들지 않았다. 관 뚜껑 닫을 때 무엇이 후회되겠는가…… 그것이 화두로 떠올랐다. 어느 순간 복사꽃 활짝 핀 봄날처럼 마음이 환해졌다.

나는 박장대소하며 방바닥을 굴렀다. 머릿속에 떠오른 상큼한 영상 때문이었다. 나는 이십대 시절에 암벽 산행을 맛본 적이 있는데, 그때엔 여러 이유로 제대로 해보지 못했다. '언젠가 기회가 오면……'이라는 생각을 속으로 했던 모양이다. 중년이 넘어 가끔씩 산에 다니면서 암벽 산행을 하는 이들을 올려다보곤 했

나는 예순 살이 넘어 암벽 산행을 시작했다. 이대로 죽을 것인가,
죽기 전에 무엇이 해보고 싶은가

다. 부러웠고, 서글펐다. 그들이 차고 있는 알록달록한 암벽 장
비들과 앙증한 암벽화, 깎아지른 바위에 거미처럼 오르는 모습
이 부러웠고, 그걸 해볼 수 없는 내 나이가 서글펐다. 그런데 이
제 죽음이 앞에 강물처럼 출렁대고 있었고, 어느 누구의 눈치도
볼 필요가 없었다. 되든 안 되든 갈 데까지 가 볼 수 있다는 생각
이 들었고, 암벽 산행을 하는 내 모습이 떠올랐고, 그러자 아름
다운 환상의 봄이 나를 점령했다. 나는 여러 사람의 만류를 물리

치고 위험을 무릅쓴 채 암벽 산행을 제대로 배웠고, 이제 그걸 어느 정도 하게 되었다. 그리고 알게 되었다. 차후에도 또 도전이 있으리라는 것을. 살아 있는 내내, 사지와 머리가 움직여지는 내내 나는 무언가에 도전하리라는 것을. 지금까지도 그래 왔다는 것을. 앞으로는 아마 정신이 아니라 육체로 하는 일에 매달릴 것 같았다. 왜냐하면 나는 칠삭둥이 미숙아로 부실하게 태어나, 남보다 작고 약해 늘 강한 것을 추구하는 성향을 무의식에 지니고 있었고, 신체가 약해지자 그 욕구가 톡 튀어나온 것이기 때문이다. 아직도 나는 암벽 산행을 하고 있고, 환상의 봄이 내 주위에 도원경처럼 머물러 있다.

가수 '싸이'가 어마어마한 성공을 거두었다. 그러나 그것을 예견한 사람은 없었다. 싸이 자신도 국내에서 음반이 좀 잘 팔리기를 바랐을 뿐 전 세계를 들었다 놓을 만큼의 폭발적인 성공은 예측하지 못했다. 수많은 사람들이 전문 용어를 동원해 가며 어쩌고저쩌고 떠들어대지만 다 사후 분석이다. 사후 분석은 웬만한 사람은 다 할 수 있다. 그러니까 이미 이루어진 일을 놓고 왈가왈부할 수는 있으되, 아직 시작도 하지 않은 일을 두고 장담할 수는 없는 법이다. 삶은 수학이나 논리 문제가 아니며, 철학으로도, 종교로도, 다른 무엇으로도 명확히 해석되지 않는다. 용한 점쟁이도 과거의 일은 눈으로 본 듯이 잘 알아맞히지만 미래에

다가올 일에 대해서는 몽롱한 어휘를 쓴다. 귀신처럼 알아맞혔다고 느끼는 것은 통변술의 묘수 때문이고, 그의 여러 말 중에서 맞는 말만 취한 탓이다. 그는 분명 다른 말도 했다. 사람은 자기가 믿고 싶은 말만 취해 의식에 입력하는 것이다.

### 도전하는 인생에 환상의 봄이 찾아온다

우리 앞에는 아무도 알 수 없는 불가사의한 인생이 기다리고 있다. 무엇이 문을 열지 누가 알겠는가?

주위를 둘러보라.

무수한 절망이 이 세상을 뒤덮고 있다. 그럼에도 모든 삶은 어김없이 이어진다. 하느님은 곁눈도 주지 않고, 나락에 떨어진 이들은 원망할 힘조차 없다. 아프리카에서, 아라비아에서, 아시아 오지에서, 또는 흑해 연안에서 숱한 사람들이 억울하게 죽고, 다치고, 불구가 되고, 가족이 죽어 가는 것을 그저 바라본다.

우리나라에서는 어떤가.

비교적 나라가 잘살게 되었고, 도시의 빌딩 숲은 번쩍번쩍하지만, 빈부의 격차는 어느 나라보다 심하다. 느끼거니와 우리나라에서는 경제적 성공이 다른 모든 성공을 앞지른다. '부자 되세요!'라는 인사말이 낯부끄럽게 떠돌아다닌다. '사랑합니다!'라고 외치고 다니는 사람들도 있다. 나 같은 사람은 열없어 얼굴을 돌린다. 무슨 놈의 사랑을 그렇게 진정성 없이 광고하고 다닌 단 말인가. 유치한 허례에 민망해서 숨고 싶어진다. 성의 없이 말로만 남을 사랑하고 다닐 게 아니라 자신을 사랑하라고 말하고 싶다. 이기적이 되라는 말이 아니다. 진짜 자기 자신과 만나 자존심을 다독거리라는 말이다.

누구나 자기를 긍정하고 사랑할 때 신이 나고 활력이 솟는다. 그러는 가운데 자아를 부추겨 창조적인 방향으로 나아갈 일이다. 개선하든지 대항하든지 뒤집어엎는 일이 생길지도 모른다. 동화 같은 위안에 젖어 평생 온실 속에 숨어 있고 싶지 않다면, 정말로 살고 싶다면 고통을 감내해야 하리라. 고통으로 걸어 들어가는 순간 고통은 이미 고통이 아니다. 긴장 속의 떨림으로 변모되거나, 익숙한 일상이 되거나, 혹은 환상의 봄이 될 것이다.

이청해 소설가
서울에서 태어나 이화여대 국문과를 졸업했다. 1990년 중편소설 〈강〉으로 KBS 방송문학상을 수상했다. 이듬해 《세계의 문학》에 단편 〈빗소리〉로, 《문학사상》에 단편 〈하오〉로 등단했다. 장편소설 《초록빛 아침》 《아비뇽의 여자들》 《체리브라썸》 《오로라의 환상》 《그물》 《막다른 골목에서 솟아오르다》가 있으며, 소설집 《빗소리》 《숭어》 《플라타너스 꽃》 《악보 넘기는 남자》 《장미회 제명사건》, 장편동화 《내 친구 상하》 등이 있다.

# 긍정이
# 행운을
# 부른다

김정호
연세대학교 경제대학원 특임교수

50년 넘게 나는 소극적이었다. 내가 적극적으로 이루고자 하는 꿈 같은 것은 없었다. 막연히 세상이 잘될 거라고 믿기는 했지만 그것을 위해 내가 구체적인 행동을 하지는 못했다. 희망과 행동은 서로 따로 놀았다.

나는 그런 희망을 소극적 희망이라고 부르고 싶다. 하늘에서 감 떨어지길 기다리며 입 벌리고 있는 것! 복권을 사 놓고 마치 될 것 같은 기대에 부풀어 사는 것도 소극적 희망이다. 기다리는 것 말고는 자기가 할 수 있는 것이 없는 희망 말이다.

목표를 이루기 위해 열심히 노력하는 사람들이 갖는 희망은

그런 것과는 전혀 다르다. 그런 사람에게 희망이란 자신의 능력
과 노력에 대한 믿음을 뜻한다. 그런 희망은 적극적이다.

2009년 5월 9일 나는 적극적 희망을 가진 사람으로 다시 태어
났다. 그날 내 희망의 모습이 달라진 것은 꿈이 생겼기 때문이
다. 꿈을 세우고 그것을 반드시 이루겠다고 마음을 다져 먹었기
때문이다.

그날 나는 딸아이로부터 어버이날 선물로 책을 하나 선물 받
았다. 제목은 《꿈꾸는 다락방》. '큰 꿈을 꾸어라. 그 꿈을 생생하
게 시각화하라. 절대 포기하지 마라'는 내용이었다. 잘 알려진
자기계발서여서 이미 내용을 알고 있었지만, 그날 선물 받은 그

책은 내게 커다란 충격이었다. 큰 꿈을 가지라는 말은 부모가 자식에게 할 말이지 자식이 부모에게 할 말은 아니다. 그런데 내 딸이 아버지에게 책을 선물하며 그 말을 하고 있는 것이다. 그것도 저자인 이지성 씨의 자필 서명까지 받는 수고를 해가면서 말이다. 아버지가 얼마나 한심해 보였으면 꿈을 가지라는 말을 하게 되었을까.

### 적극적 희망을 가진 사람으로 다시 태어나다

생각해 보니 나는 꿈이 없던 사람이었다. 매일매일 닥치는 일은 그럭저럭 해냈지만 뚜렷한 목표를 가지고 살지는 않았다. 부친으로부터 받은 호기심 덕분에 책 읽는 것을 좋아해서 지식은 제법 많았지만, 적극적으로 나서서 문제를 해결하는 타입은 전혀 아니었다. 골치 아픈 문제는 되도록 피하고 보는 것이 수십 년 동안 굳어진 나의 생활 태도였다. 귀찮은 것을 정말 싫어해서 도서관 책 반납을 미루다가 결국 책까지 분실해 변상하기 일쑤였고, 귀찮은 행정 절차 밟는 것도 싫어해서 연체금과 가산금을 내기 십상이었다.

딸의 눈에도 그런 아버지가 한심해 보였던 모양이다. 딸에게 창피했다. 그날 나는 집에 돌아와서 정말 내가 이루고 싶은 것을 위해 올인하기로 결심했다. 목표를 위해, 꿈을 위해 모든 것을

2009년 5월 9일 나는 적극적 희망을 가진 사람으로 다시 태어났다.
그날 내 희망의 모습이 달라진 것은 꿈이 생겼기 때문이다.

걸겠다고 결심하기는 53년 인생에서 처음이었다.

　나의 희망은 조금 추상적이다. 모든 한국인이 각자 자유를 누리되 그 결과에 대해서도 스스로 책임지는 사회를 만드는 것이었다. 국민 각자가 그런 태도를 가진다면 각자 개인적인 성공도 하겠지만 국가도 발전하게 된다. 그것이 내가 공부를 통해, 또 삶을 통해 가지게 된 자유주의 철학의 결론이다. 하지만 그런 나라를 만들기 위해 내가 나서서 적극적인 행동을 할 생각은 없었다. 아니 대중을 설득하는 일이 너무 두렵고 버거웠다. 그랬던 내가 딸에게 책 선물을 받은 그날, 목표를 위해 올인하는 삶을 살겠다고 결심을 다진 것이다. 내가 나서서 대한민국 국민들을 설득하겠다는 꿈을 세운 것이다.

### 대한민국 국민을 설득하겠다는 큰 꿈

꿈을 세우긴 했지만 막막했다. 대중 앞에 서는 것이 여전히 두려웠다. 몇 안 되는 직원도 제대로 설득 못하는 나였다. 그런 내가 어떻게 진 국민을 설득한단 말인가. 또 사람 만나는 것을 매우 불편해하는 사람이 나였다. 낯선 사람들과 모임을 가진 날은 항상 스트레스로 배탈이 날 정도로 소극적인 성격이었다. 꿈을 이루기에는 어림없는 성격이었다. 성격과 태도를 모두 바꿔야 했다. 당장 그 다음 날부터 생활을 바꾸기 시작했다. 늦게 자고 늦게 일어나는 50년 묵은 습관 대신 새벽 운동으로 하루를 시작했다. 매일 10여 분씩 명상을 하면서 내가 바라는 세상의 이미지와 내가 할 일을 그려 보기 시작했다. '성공발전소.kr'이라는 사이트를 만들어 〈김정호의 성공 일기〉라는 공개 일기를 쓰기도 했다.

그러면서 차츰 성격이 적극적으로 변해 갔다. 원하던 성격을 많이 얻었다. 귀찮은 일을 못해서 연체를 밥 먹듯 하던 내가 이제는 일단 행동부터 하고 문제를 해결해 가는 성격으로 바뀌었다. 그렇게 살다 보니 표정조차도 변한 모양이다. 예전에는 나를 보면 피곤해 보인다고 말하던 사람들이 많았다. 지금은 웃는 얼굴이 보기 좋다고 말해 주는 분들이 많다.

그 후로 많은 새로운 일들을 해낼 수 있었다. 2010년에는 배재대학교 김진국 교수와 1년 동안 〈김정호 김진국의 희망 탐사〉라는 이름으로 주5일 선화 대담을 해서 인터넷으로 방송했다. 알아주는 사람은 별로 없지만 매일 아침 뭔가를 한다는 것이 게을렀던 나로서는 엄청난 변화이고 성취였다.

2011년에는 나의 메시지를 더욱 효과적으로 전달하기 위해 래퍼로 변신했고 그 후로는 강의 때마다 랩 한 마디씩 하는 것으로 서먹한 분위기를 깨고 시작한다. 나이 쉰다섯에 래퍼라니…… 내가 생각해도 나의 변신이 신기할 뿐이다. 뒤이어 케이블 TV인 〈이데일리 TV〉에서 6개월 동안 〈프리스타일 코리아〉라는 제목으로 자작 랩을 곁들인 시사 토크쇼를 진행했다. 이런 도전들을 하면서 이제는 TV 카메라를 그리 두려워하지 않는 사람으로 변했다. 〈100분 토론〉 〈심야토론〉 같은 시사 프로그램에 나가더라도 예전보다 스트레스를 훨씬 덜 받게 되었다.

### 긍정의 마인드가 행운을 부른다

긍정적으로 살다 보면 행운도 찾아온다고 책에 쓰여 있는데 나도 그것을 경험했다. 자유기업원 원장직을 물러나자마자 연세

50여 년간 나에게 희망이란 그저 막연한 기대,
막연한 바람 같은 것이었지만, 이제 나에게 희망이란 내가
나의 노력으로 이루어내야 하는 꿈을 뜻한다.

대학원 교수가 된 것이다. 사실 나는 연세대 학점이 심하게 안 좋은 데다가, 은사님들한테 '찍혀서' 연세대 교수가 되는 일은 꿈도 꾸지 못했다. 그런데 우연한 기회에 비록 특임교수이긴 하지만 모교인 연세대의 교수가 될 수 있었다. 꿈도 못 꾸던 일이 벌어진 셈이다.

교수가 된 후에도 여전히 나는 희망적인 삶을 살고 있다. 작년 8월에는 경제진화연구회라는 것을 만들어 매달 한 번씩 젊은이들과 세상일을 놓고 자유주의적인 토론을 해왔다. 관심을 갖는 사람들이 점차로 늘고 있다. 올해 안으로 회원 1,000명을 확보하기 위해 여러 가지 노력을 하고 있다. 또 '액션공진화실천모임'이라는 소모임을 만들어 회원들 각자가 세상을 바꾸기 위해 자신을 바꿔 가는 노력을 시작하자고 마음을 모았다.

나의 꿈은 대한민국 국민의 80퍼센트가 남 탓하지 않고 스스로 책임지는 사람이 되도록 설득하는 것이다. 50여 년간 나에게 희망이란 그저 막연한 기대, 막연한 바람 같은 것이었지만, 이제 나에게 희망이란 내가 나의 노력으로 이루어내야 하는 꿈을 뜻한다. 그래서 희망은 나의 의지와 결심…… 그런 것들의 산물이다.

많은 분들이 희망이 없다고 한다. 사실이다. 경제 성장률의 추락이 희망의 추락을 가져왔다. 성장률이 낮다는 것은 사회가 발전을 멈췄다는 것이고, 그 안에서 살아가는 사람들도 미래가 나아질 기대를 하기 어려움을 뜻한다. 성장이 둔화되면 희망도 옅어지는 것이다. 그런데 이때의 희망은 소극적 희망이다. 내가 바라는 미래를 남들이 가져다줄 것이라고 생각하기 때문이다. 모두가 그런 태도를 가지고 있는 한 희망은 그저 백일몽에 불과해진다.

### 모든 희망은 의지와 결심의 산물

나는 여러분에게 적극적 희망을 가지라고 권하고 싶다. 산업이 낙후되어 있으면 여러분이 나서서 그것을 발전시키시라. 일자리가 없으면 여러분이 나서서 만들라.

물론 어려운 일이다. 당장 그런 능력을 가진 사람은 없다. 하지만 3년 후, 5년 후에 그런 목표를 달성하겠다고 결심을 하고 지금부터 노력을 한다면 못 해낼 것도 없다. 사람에게는 그런 능력이 있다. 변화가 두렵고 힘들어서 시도하지 않을 뿐이다. 내가 직접 경험했기 때문에 여러분에게 권할 수가 있다.

사업 실패로 좌절하고 계신 분에게도 다시 일어서시라고 격려하고 싶다. 안다! 얼마나 힘이 들면 포기하고 좌절했겠는가. 그러나 아무리 힘이 들더라도 좌절하는 것은 답이 아니다. 현대그룹 창업자 정주영 회장의 말처럼 아무리 거친 어려움이라 해도 내가 포기하지 않는 한 실패가 아니다. 그것은 시련이고, 성공을

이루어 가는 과정일 뿐이다.

　나는 지난 4년간 변화의 과정을 거치면서 좌절이라는 것도 기대치의 문제라는 생각을 가지게 되었다. 웬만큼 참담한 실패를 한다고 해도 사람이 죽지 않는 한 물리적으로는 얼마든지 새로운 시도를 할 수 있다. 그럼에도 불구하고 많은 분들이 더 이상 일어서지 못하고 좌절하는 것은 심리적인 문제 때문이다. 자기가 받을 수 있는 고통의 상한을 매우 낮게 잡아 놓은 사람은 조그마한 고통에도 좌절하고 포기한다. 그러나 고통의 상한이 높은 사람은 웬만한 실패와 고통이 닥쳐도 다시 일어서서 새로운 시도를 할 수 있다.

그 고통의 상한을 매우 높게 타고난 사람은 운 좋게 성공 유전자를 물려받은 셈이다. 하지만 유전적으로 겁쟁이로 태어난 사람, 고통을 견디지 못하도록 타고난 사람도 절망할 필요는 없다. 인간의 두뇌가 매우 유연하기 때문이다. 우리는 훈련을 통해 어느 정도는 두뇌의 배선을 바꿀 수 있다. 겁쟁이로 태어났어도 용감해질 수 있다. 내가 지난 4년간 직접 겪어온 것이기 때문에 자신 있게 말할 수 있다. 조그마한 창피함, 조그마한 고통도 견디기 힘들어서 새로운 일엔 그 어떤 도전도 하지 않으려던 나였지만, 이젠 해야 한다고 마음먹으면 웬만한 일은 참아낼 수 있게 되었다. 그것은 순전히 스스로의 훈련 덕분이다.

### 무언가를 이루고 싶다면 자신부터 변화시켜라

　　요즈음 힐링이니 소통이니 하는 것들이 대유행이다. 마음을 따뜻하게 해주는 말들이다. 그런 말을 들으면 나의 아픔을 쓰다듬어 주고 나의 외로움을 달래 줄 것 같다. 그러나 나를 진심으로 사랑하는 사람이 아닌 다음에야 누가 진정으로 나에게 그런 위로를 해줄 수 있겠는가. 힐링과 소통을 파는 사람들은 위안에 대한 값싼 환상을 안겨 줄 뿐이다. 오히려 나는 걱정이다. 그런 사회적 분위기로 인해 우리들 각자가 감당할 수 있는 고통의 상한이 더 낮아질 것 같아서 말이다. 더욱더 많은 사람들이 조그마

나는 여러분에게 자신의 능력을 믿으라고 권하고 싶다.
당신이 무엇을 이루고 싶다면,
이제 희망을 가지고 **당신 자신을 변화시키는 도전**에 나서 보라.

한 고통도 견디지 못하고 포기해 버릴까 봐 말이다.

　나는 여러분에게 자신의 능력을 믿으라고 권하고 싶다. 종교가 있는 사람이면 신의 능력을 믿으라고 권하고 싶다. 무엇을 꿈꾸든 일은 당신이 이루어 낼 수 있다. 다만 조건이 있다. 상당한 기간 동안 당신 자신을 변화시키려는 노력이 필요하다. 지금 당장은 안 되겠지만 끊임없이 노력한다면 그 꿈을 이룰 수 있는 사람으로 당신 자신을 변화시켜 갈 수 있다. 당신이 무엇을 이루고 싶다면, 이제 희망을 가지고 당신 자신을 변화시키는 도전에 나서 보라.

**김정호** 연세대학교 경제대학원 특임교수 · 전 자유기업원장

연세대학교 경제학과를 거쳐 1988년 미국 일리노이대학에서 경제학 박사, 2003년에는 숭실대학교에서 법학박사를 받았다. 2012년 3월, 9년간 해오던 자유기업원장직을 떠나서 지금은 연세대학교 경제대학원 특임교수로 있다. 대통령 직속 사회통합위원회 이념분과의 민간위원, 규제개혁위원회 위원으로 활동하기도 했다. 《다시 경제를 생각한다》《비즈니스 마인드 셋》《블라디보스토크의 해운대행 버스》《누가 소비자를 가두는가》《땅은 사유재산이다》《왜 우리는 비싼 땅에서 비좁게 살까》 등 다수의 저서와 논문이 있다.

# 희망의
# 감옥에
# 나를 가두지 마라

이명랑
소설가

나에게는 목표가 있었다.

대학을 졸업하기 전에 반드시! 기필코! 등단을 하리라!

시인이 되겠다는 열망은 나로 하여금 매일 한 편의 시를 쓰게 만들었다. 대학 4년 내내 나는 아침 8시면 학교 도서관에 도착해 스톱워치를 맞춰 놓고 9시까지 한 시간에 시 한 편을 쓰는 연습을 했다. 시인이 되고 싶었지만 시를 써서 돈을 벌 수 있다는 생각은 할 수 없었기 때문이다. 시인이 되어서도 나는 먹고살아야 하기에 먹고살기 위한 직업을 가져야 한다고 생각했다. 생계를 유지하기 위해 직업을 가진 채 시를 쓰기 위해서는 시를 쓰는 일이 특별한 일이 되어서도 안 되고, 시를 쓰기 위해 하루 대부분의 시간을 할애해서도 안 된다고 믿었다. 일하다가도 시를 쓰고, 밥 먹다가도 시를 쓸 수 있어야 한다는 생각, 시를 쓰는 일은 나에게 일상이 되어야 한다는 믿음은 나로 하여금 오전 8시에서 오전 9시까지, 하루 한 편의 시를 쓰게 했다.

그러나 하루 한 시간, 하루 한 편의 시를 쓰겠다는 결심, 대학 졸업 전에 반드시 등단을 하겠다는 목표는 나의 대학 생활을 몽땅 시에 바치게 만들었다. 9시가 되어 수업에 들어가면 아침에 쓴 시를 생각했고, 점심을 먹다가도 아까 쓴 시를 이렇게 고쳐야지, 시 생각을 했고, 오후가 되면 참고할 기성 시인들의 시를 찾아보기 위해 도서관의 서가를 서성였다. 하루가 저물어 잠자리에 들면 내일 아침에 쓸 시를 생각하는 식이었다.

그리하여 나의 대학 생활은 사막이 되었다. 시 생각에 미팅 한 번 하지 못했고, 과 친구들이 동해안으로 여행을 갈 때도 나는 바다를 향해 떠나지 못했다. 누군가 내게 사랑 고백을 하며 장미꽃을 내밀어도 나는 그 장미꽃을 받지 못했다.

왜?

그야 나에게는 목표가 있으니까!

그야 나에게는 희망이 있으니까!

나는 나의 목표와 희망을 위해 청춘을 희생하고 현재를 저당 잡혔다.

그리하여 나는 시인이 되었다!

물론 대학 졸업 전에 등단을 하겠다는 목표는 이루지 못했지만 말이다.

그러나 시인이 되었다고 생이 끝나는 것은 아니었다.

나는 우리가 일상이라 부르는 삶을 살아야 했고, 나이를 먹고 결혼을 했다. 그리고 결혼과 함께 나는 새로운 희망을 품게 되었다.

### 반드시! 기필코! 임신을 하리라!

결혼을 하기 전에는 구체적인 계획이라고는 없었다. 그저 결혼을 하게 되면 남들 사는 대로 나도 살아가게 되겠지…… 하는 정도였다. 그런데 막상 결혼을 하고 보니, 남들 사는 대로 사는 거, 그게 참 힘들고 어려운 일이지 뭔가. 결혼을 해서도 아이를 낳지 않는 부부도 참 많다. 결혼을 하고도 결혼 전과 다름없이 사는 부부도 참 많다. 그러나 나는 무슨 특별한 삶을 살기 위해 결혼한 것도 아니었거니와 남편 역시 그저 평범한 사람이라 나와 비슷한 생각을 했던 것 같다. 그저 막연히 남들 사는 대로 사는 거, 그게 결혼이라고 말이다.

남들 하는 대로 결혼식 하고, 남들 하는 대로 신혼집 구하고,

남들 사는 대로 명절이면 시댁에 내려가고 가끔 친정에 놀러가 밥도 먹으며 그저 남들처럼 살아 보려고 했는데…… 그런데 왜 임신은 되지 않는단 말인가!

명절에 시댁에 내려가면 대뜸 듣는 말이 '왜 애가 안 생기냐?'라는 말이었고, 어쩌다 얼굴 보는 친척들은 나 몰래 나 없는 자리에서는 남편에게 '혹시 몰래 피임하는 거 아니야?'라며 나를 의심했다. 친정어머니는 친정어머니대로 '무슨 수를 써 봐야 되지 않느냐?'며 내게 온갖 민간요법을 명하셨다.

이제 임신은 나에게 최상 최대의 과제이자 목표가 되었다!

그렇게 임신은 나의 결혼 생활에 없어서는 안 되는 내 인생의 새로운 희망이 되었다!

나는 하루 세 끼 꺼끌꺼끌한 현미밥을 먹었다. 부부 금슬이 너무 좋아도 임신이 되지 않는다는 말에 따라 남편과 각방을 썼다. 남자의 기가 성할 때 부부 관계를 가져야 임신이 될 확률이 높다는 옛말에 따라 각자 따로 자다가 한 달에 한 번, 새벽 3시에 맞춰 놓은 자명종 소리에 깨어나 침대로 가는 생활을 되풀이했다.

그뿐인가?

새벽이면 새벽 기도를 하러 교회에 갔고, 주말이면 아이를 들어서게 해주는 걸로 아주 유명하다는 절을 찾아다니며 절에 모셔져 있는 부처님 손등을 어루만지기를 수없이 했다. 심지어 각

무엇이 나를, 우리 부부를 그토록 임신에 매달리게 했을까?
**희망에 대한 과도한 집착**이 우리 부부의 일상에
어두운 그림자를 드리우게 만들었고, 임신이라는 판정을 받을 때까지는
행복이라고는 없을 것만 같았다.

분야의 예술가들과 함께 태국과 미얀마로 고구려의 후손을 찾는 여행에 가서도 나는 절을 하고 또 했다. '이 부처님한테 절을 하면 당장 아이를 낳게 됩니다!' 라는 가이드의 안내에 따라.

그러나 결과는 매번 실망스러웠다. 임신 진단 키트를 들고 화장실로 들어갈 때마다 '제발, 이번만은!' 두 손을 모으고 기도했지만 원하던 임신이 아니라는 결과만 되풀이해 확인했을 뿐이다.

한 번은 이런 적도 있었다. 생리 예정일을 훌쩍 넘겼고 몸도 노곤노곤 피곤한 것이 분명 임신일 것 같았다. 그날 나는 출근하는 남편에게 '오늘은 일찍 들어와요. 내가 깜짝 선물을 준비했거든요'라고 말하며 남편을 배웅했다. 그 뒤 곧바로 시장에 가서 장을 보고, 와인도 한 병 샀다. 기쁜 소식을 알리기 위한 만반의 준비를 한 것이다. 그러나 시장에서 돌아와 요리를 하고 화장실에 들어가 임신인지 아닌지를 확인한 순간, 그 순간 나는 또 엉엉 울고 말았다.

이번에도 임신이 아니라니!

생리 예정일을 보름이나 훌쩍 넘겼는데 또 임신이 아니라니!

나는 절망했다. 이제는 혹시 불임의 몸이 아닌가, 라는 의혹까지 나를 괴롭혔다. 남편과 마시려고 준비한 와인 한 병을 혼자 다 마셔 버리고 그것도 모자라 동네 구멍가게로 달려가 소주 여섯 병을 사와 혼자 다 마셔 버리고 울었다.

퇴근한 남편이 돌아왔을 때, 남편이 마주한 것은 '깜짝 파티'의 기쁨이 아니라 술에 취해, 절망에 취해 엉엉 울고 있는 아내의 모습이었다.

"나 때문인가 봐. 내가 특수부대 출신이잖아. 선배들 말이 낙하를 많이 하면 나중에 불임이 될 수도 있다고 그랬거든······."

때가 되면 아이가 생기겠지, 라며 나를 위로하던 남편도 이제는 자신의 불임 여부를 걱정하기에 이르렀다.

우리는 함께 병원에 갔고, 불임 검사를 했다. 의사 말로는 정상이라고 했다. 우리는 안도했다. 그러나 역시 임신은 되지 않았다. 매달 나의 생리 예정일만 되면 우리는 시험 결과를 기다리는 수험생처럼 초조해하고 불안해했다. 그러다 나중에는 매달 병원에 가서 배란일을 확인하기에 이르렀다.

아, 그 시절을 어떻게 표현할 수 있을까?

무엇이 나를, 우리 부부를 그토록 임신에 매달리게 했을까?

희망에 대한 과도한 집착이 우리 부부의 일상에 어두운 그림자를 드리우게 만들었고, 임신이라는 판정을 받을 때까지는 행복이라고는 없을 것만 같았다.

그러다 정말 임신을 하게 됐다. 아들을 낳았다. 딸도 낳았다.

그러나 아들을 낳고, 딸을 낳았다고 생*이 끝나는 것은 아니었다.

나는 우리가 일상이라 부르는 삶을 살아야 했고, 아이들은 자라고, 나는 새로운 희망을 품게 되었다.

### 반드시! 기필코! 박사가 되리라!

큰애가 여덟 살이 되어 초등학교에 입학하자 나는 아이의 출산과 함께 한켠으로 밀쳐 두었던 꿈을 향해 다시 첫발을 내딛었다. 결혼 당시 나는 석사 과정을 이수하고 있었고, 큰애를 낳자마자 석사 학위를 받았다. 그러나 곧이어 둘째를 임신하게 되어 박사 과정에 진학하는 것은 포기해야 했다. 나는 공부를 더 하는 대신 아이 둘을 키우며 작품 활동에만 매달렸다. 큰애의 출산과 더불어 나는 이제 막 첫 책을 내고 작가로서 글을 쓰기 시작했다. 신인 작가에게 작품 발표의 기회란 그야말로 하늘의 별 따기였기에 어쩌다 원고 청탁이 들어오면 나는 무조건 수락을 하고 봤다. 그러나 아이 둘을 키우며 소설을 쓰기란 쉽지 않았다. 단편소설뿐만 아니라 장편소설 연재까지 병행했는데, 미숙아로 태어난 큰애는 자주 아팠고, 다섯 살이 될 때까지 한 달의 반을 병원에서 지냈다. 나는 아이를 등에 업고 서서 소설을 썼다. 설상가상으로 경제적인 어려움이 닥쳐 길바닥에 과일 상자를 늘어놓고 과일 장사를 해야 했을 때는 큰애는 사과 상자에, 둘째는 귤 상자에 넣어 두고 과일을 팔고, 소설을 썼다.

그때도 내 마음 깊은 곳에 남아 있던 꿈, 언젠가 형편이 나아지면 어쩔 수 없이 접어야만 했던 공부를 다시 시작하리라……라는 꿈을 큰애가 초등학교에 입학하자 나는 다시 내 마음의 보따리에서 꺼내 놓게 되었다.

석사를 마쳤으나 박사를 받지 못했다는 사실이 내내 마음에 걸렸기 때문이었다. 평소에도 나는 무슨 일이든 시작하면 끝을 봐야 하는 성격이기 때문이었다. 시작만 하고 끝맺음을 하지 못하면 시작하지 않음만 못하다는 생각을 갖고 있는 나로서는 석사 학위만 마친 것이 무슨 실패의 상징인 것만 같이 느껴졌기 때문이었다.

이제 큰애는 몰라보게 건강해졌으며 무사히 초등학교에 입학했고, 둘째도 유치원에 다니기 시작했으니 얼마든지 공부할 수 있지 않을까?

나는 먼지가 수북이 쌓인 석사 논문을 찾아내 책장에 꽂았고, 8년 동안 쉬었던 공부를 다시 시작하기로 마음먹었다. 그러나 박사 학위를 시작하겠다고 원서를 넣자마자 뭔가 삐걱이는 느낌이었다. 평소 존경하던 소설가 분들이 교수로 재직하고 계신 학교에 원서를 넣었는데 세상에! 바로 그 존경하던 교수님들이 시작부터 반대를 하지 뭔가.

"여긴 뭣하러 들어오겠다는 거냐? 지금 한창 작품 활동 열심히 하고 있는데 박사가 다 뭐야!"

나는 이제 희망한다. 감옥이 되는 희망이 아니라 오늘 이 순간을,
지금 이곳을 행복으로 바꾸는 진정한 희망을.

"소설 써라. 소설가가 소설을 써야지 박사는 해서 뭐해?"

원서를 내러 간 날 우연히 학교 정문 앞에서 마주친 소설가 선생님도, 면접에 시험관으로 들어오신 소설가 선생님도 모두 한결같이 얼른 집으로 돌아가라는 말씀뿐이었다.

면접을 보고 나오는데, 눈물이 흘러내렸다.

내가 분에 넘치는 욕심을 내었던 것일까?

지금 내 처지에 공부를 다시 시작한다는 것은 가당치도 않은 짓거리였을까?

자괴감에 빠져 지냈는데, 결과는 예상 밖이었다. 나는 학교로부터 합격 통지서를 받게 되었다. 그리하여 다시 문학 공부를 하게 되었다. 내가 평소에 존경하던 소설가 선생님들, 그러나 막상 뵙게 되자 얼른 집으로 돌아가 소설을 쓰라고 나를 혼내셨던 바로 그 소설가 선생님들의 지도를 받으며 말이다.

내가 박사 학위 공부를 하는 내내, 그분들은 변함없이 늘 내게 말씀하셨다. 지금이라도 당장 공부 때려치우고 얼른 책상 앞으로 돌아가서 소설을 쓰라고 말이다. 박사 학위를 받고 박사 논문을 들고 찾아뵙던 날도 나의 지도 교수님은 '이제 진짜 소설에만 집중해라. 결국 집중하느냐 못하느냐, 이것뿐이야. 알았지? 소설에만 집중해야 한다'라고 말씀하셨다. 그러나 그렇게 말씀하시면서도 내가 내민 박사 논문에 혹여 김칫국물이라도 떨어질까, 얼른 가방에 집어넣으시는 그 모습에서 나는 얼마나 큰 가르침을 받았는지 모른다.

맨 처음 내가 박사 과정에 들어오겠다고 했을 때 반대하셨던 소설가 선생님들, 그분들은 몸소 가르쳐 주신 것이다. 끝까지 해내지 못할 거면 차라리 시작도 하지 말라는 큰 가르침을. 그러나 내가 해냈을 때 누구보다 기뻐하시고 아껴 주시던 분들이 바로 그분들이었다.

결국 박사 학위를 받았다.

그러나 박사 학위를 받았다고 생*이 끝나는 것은 아니었다.

나는 시간 강사로 여러 대학에 강의를 하러 다니기 시작했고, 서울과 지방을 오고가야 했다. 학기 중에는 하루 네 시간의 수면도 취할 수가 없었고, 버스로 이동해야 하는 시간이 하루 평균 네다섯 시간이었다.

불면증과 피로가 겹쳐 건강마저 잃게 되었다.


지금 이곳을 행복으로 바꾸는 희망을 희망한다

그날도 나는 피로한 몸을 이끌고 강의를 하기 위해 새벽부터 집을 나섰다. 부은 눈을 감추기 위해 짙게 화장을 하고, 아침밥 대신 쓰디쓴 커피로 속을 채운 뒤 강의실로 향했다. 그런데 복도에 서 있던 남자가 나를 향해 손을 흔들지 뭔가.

"어머나, 선배님!"

신인 작가 때 자주 만나곤 했던 선배 시인이 복도에 서 있었다. 나는 한달음에 선배에게로 달려갔다. 선배는 많이 늙었고, 계절에 어울리지 않게 두꺼운 코트를 입고 있었는데 그 모습이 한없이 초라해 보여 내 마음이 다 슬퍼졌다. 그러나 이런 내 마음을 전혀 알 리 없는 선배는 나를 보자마자 농담을 해댔다. 별로 재미있지도 않은 철지난 농담을 하며 자꾸 웃는 선배가 내 눈에는 기이해 보이기까지 했다.

"야! 명랑아! 좀 웃어라! 너, 명랑이 아니냐? 명랑이가 안 웃으면 누가 웃냐? 하하하! 하하하!"

이제 육십이 얼마 남지 않은 선배는 여전히 시간 강사로 지내고 있었지만 그리 환하게 웃으며 내게 자판기 커피 한 잔을 사주셨다. 따듯한 김이 모락모락 솟아오르는 커피 한 잔을 내 손에 쥐어 주며 이렇게 말씀하셨다.

"명랑아! 희망의 감옥에 너를 가두지 마라!"

선배가 떠난 뒤에도 선배의 말은 계속 내 가슴에 남아 오늘 이 글을 쓰고 있는 순간에도 내 마음을 환히 밝히고 있다.

그랬다. 정말 그랬다. 나는 늘 희망의 감옥에 나를 가두며 살아왔던 것이다. 희망을 결과로 착각하며 살았기에 나는 희망이라는 감옥에 나를 가둔 꼴이 되고 말았던 것이다. 희망이 결과가 될 때 희망은 감옥이 되고, 희망의 감옥에 갇혀 사는 한, 행복은 언제나 저 멀리에 있다.

우리 사회가 부모가 사라지고 학부모만 있는 사회가 된 이유도 바로 여기에 있지 않을까?

나는 이제 희망한다. 감옥이 되는 희망이 아니라 오늘 이 순간을, 지금 이곳을 행복으로 바꾸는 진정한 희망을.

이명랑 소설가

1973년 서울 출생. 1998년 장편소설 《꽃을 던지고 싶다》를 발표하며 작품 활동 시작. 소설집으로 《삼오식당》 《나의 이복형제들》 《입술》 《어느 휴양지에서》와 청소년 소설 《구라짱》 《폴리스맨, 학교로 출동》, 중학교 국어 교과서에 수록된 〈내 마음을 아는지 모르는지〉 등을 출간하며 왕성한 작품 활동을 하고 있다.

# 희망
# 재테크

고득성
재테크 전문가

    부부는 아무 말 없이 혼란스러운 눈빛으로 서로를 바라봤다. 한 시간 동안 언쟁이 계속되자 중학교에 다니는 딸아이는 슬그머니 자리를 비웠고 고2 아들은 문을 걸어 잠근 채 자기 방으로 들어가 버렸다. 언쟁의 시발점은 수민 씨 아버님의 칠순 잔치였다. 남부럽지 않게 해 드리고 싶은 효심에 제주도 가족 여행을 계획했던 수민 씨는 남편의 호의적이지 않은 응대에 화가 나서 그간 쌓였던 감정이 폭발했다.

공립학교 교사인 김수민 씨[43세]는 육아와 맞벌이를 병행하며 맘고생, 몸 고생했던 응어리를 남편에게 쏟아냈고 건축 설계 회사에 다니는 이한민 씨[46세]는 가족을 부양하고 책임지는 자신을 이해하지 않는 수민 씨에게 화가 단단히 났다. 최근 경기가 최악인 상태에서 한민 씨가 근무하는 회사의 일감은 눈에 띄게 줄었다. 한민 씨는 월급쟁이 생활을 과연 얼마나 오래 지속할 수 있을지 늘 불안하다. 한민 씨 입장에선 물밀듯이 닥쳐오는 청구서와 부모 부양비, 자녀들 학원비, 만만치 않은 경조사비를 언제까지 지출해야 끝이 올지 모르는 상태에서 큰돈 나갈 일이 불쑥 튀어나와 버린 것이다. 부부는 도대체 어디서부터 뭐가 잘못된 건지 도무지 알 수 없었다. 그들은 열심히 살면 잘될 거라는 막연한 기대 속에 수년간을 열심히 달려왔다. 실제 두 사람의 소득은 15년 전 결혼할 당시보다 거의 두 배 이상 늘었지만 그들의 행복 감도는 예전만 못하게 떨어져만 갔다. 물론 집도 있고 차도 있다. 대차대조표에 그럴듯한 자산들이 올라갔다. 하지만 빚도 만만치 않게 늘어 갔다.

소득은 두 배 이상 늘었는데 행복 감도는 왜 떨어지는 걸까?

연봉이 2~3천만 원인 사람이나 고액인 사람이나 매한가지로 앞날의 경제적 불안감을 느끼며 살아간다. 이 글을 읽는 당신은 어떤가? 한동안 우리들이 탄 배는 아름다운 항해를 계속했다. 바다는 고요했고 날씨는 화창했다. 과거 몇십 년 동안 이전 세대 generation 의 경제 활동은 이러한 평안함과 황홀경에 빠져 있었다. 하지만 어느 순간 정신을 차려 보니 상황이 돌변했다. 파도는 고약하게 우리를 괴롭히고 우리 앞을 환하게 비춰 주던 태양은 빛을 감추었다. 그토록 충성했던 직장에서 하룻밤 사이에 대기 발령받은 것처럼. 지금까지 축복으로 여겨지던 내 집에 올인한 것이 어느 순간부터 재앙으로 느껴지는 것처럼. 배에 구멍이 뚫린 것이다. 그런데 우리는 부랴부랴 고인 물을 열심히 퍼내고 있다. 단기적이고 임시적인 모르핀 처방에 급급한 셈이다. 이 세대 사람들이 제각각 열심히 살고 있음에도 그들의 삶에 재정적 불안감이 증폭되는 이유는 과연 무엇일까? 어떻게 하면 이러한 불안감을 극복하고 희망찬 미래를 설계할 수 있을까?

### 새로운 시대에 맞는 발상의 전환 필요

나는 21세기를 살아가는 현대인을 이렇게 묘사해 보고 싶다. 아주 낮은 천장과 예전보다 높아진 마루 사이의 좁아진 층 틈에 끼어 답답해하는 모습. 상상이 가는가? 당신 키는 1미터 70센티미터인데 천장과 마루 사이 층 간격 또한 1미터 70센티미터라고 해보자. 그 정도라면 고개를 제대로 들고 서 있기 힘들다. 오랜 기간 그곳에 산다면 목디스크에 걸릴 것이다. 그런데 우리는 스스로 낮은 천장과 높아지는 마루를 당연한 양 수긍하며 힘든 삶을 살고 있다. 우리가 희망을 바란다면 알게 모르게 우리 내면 깊숙이 자리 잡은 잘못된 통념 두 가지를 뛰어넘을 필요가 있다. 하나는 천장<sup>Ceiling</sup> 통념이고 다른 하나는 마루<sup>Floor</sup> 통념이다. 원래 우리는 더 높은 천장이 있는 방을 선택하여 살 수 있는데도 불구하고 낮은 천장이 있는 곳을 받아들이고 있다. 또 우리는 남들이 높이고 있는 마루를 보고 덩달아 마루를 높이려 한다. 그럴 필요가 없는데도 말이다. 천장 통념은 은퇴<sup>retirement</sup>에 대한 사회적 통념을 말하고, 마루 통념은 당신의 생활 규모<sup>scale of life</sup>에 대한 통념이다.

천장 통념…… 잘못된 은퇴 통념을 경계하라!

20년 전보다 지금 평균 수명은 10년이 늘었다. 40년 전보다는 20년이 늘었다. 1년이 지날 때마다 0.5년의 수명이 연장되고 있는 셈이다. 지금의 추세라면 향후 30년 후 2040년대에는 여성의 평균 수명은 100세를 찍을 것이다. 그런데 어린 시절부터 '공부-20대 회사 입사-60세 이전 퇴직과 동시 은퇴'의 패러다임으로 세뇌받은 세대에게 새로운 시대는 그리 달갑지만은 않다. 그들의 마음판에 확고하게 자리 잡은 더 이상 수입이 발생하지 않는 시기, 즉 '은퇴<sup>더 이상 수입이 발생하지 않는 시기를 말한다. 노후의 시기를 보낸다 하더라도 계속 일을 하고 있다면 은퇴자는 아니다. 이런 점에서 노후와 은퇴는 구별되는 단어이다</sup>' 라는 닻이 그들을 불안하게 만들기 때문이다. 전문가들도 은퇴 이후 30~40년 이상을 소득 없이 살아가야 하는 시대를 대비해야 한다고 아우성이다. 미래를 준비하는 것은 현명하며 지혜롭다. 하지만 나는 30~40년을 소득 없는 시기로 단정 짓고 은퇴 날짜를 받아 놓은 것처럼 난리법석을 피우기보다는 당신의 수입이 사라지는 날을 대비하는 것이 훨씬 현명하다고 생각한다. 은퇴 날짜부터 편안하게 노후를 보내려면 얼마의 금액을 몇 퍼센트의 이자율로 굴려야 할지 아무리 계산기를 두드려도 당신의 노후는 안전하지 않다. 일하는 것과 은퇴하는 것-전일 근무와 은퇴-이러한 흑과 백의 이분법적 사고를 버리고 새로운 시대에 적합한 태도, 즉 일하는 것에 대한 유연한 시각이 필요하다.

지금부터 40년 전인 평균 수명 60세 시절에는 은퇴 날짜를 받아 두고 그 날짜에 특정한 금액을 만드는 공식이 유효했다. 하지만 새로운 시대에는 전혀 맞지 않는 발상이다. 점점 줄어드는 적극적 소득을 보완하기 위해 불로 소득을 만들어 나간다는 생각은 현명하지만 은퇴 날짜에 맞추어 자신이 할 수 있는 일의 마지막 날짜를 짜맞추는 것은 개인의 역사를 뒤로 후퇴하게 만드는 어리석은 일이다.

직장에서 퇴직했다고 움츠리지 마라.
다른 곳에서 할 일이 아직도 많다.
겸허한 마음만 간직한다면 인생 후반전이 훨씬 멋질 것이다.

은퇴라는 단어는 1889년 비스마르크 독일 총리가 세계 최초로 노령 연금 체계를 세우면서 65세 이상을 은퇴자로 보고 규정한 개념이다. 그 당시 독일의 평균 수명은 겨우 50세에 불과했다. 하지만 지금은 어떠한가? 평균적으로 80세를 훌쩍 넘어 생존하는 시대이다. 만들어진plastic 단어인 은퇴라는 개념으로 우리 수입의 경제적 데드라인을 정하는 것이 적합한가? 당신의 머릿속에서 아예 은퇴라는 단어를 지워 버리는 게 현명하다. 지금부터 낡은 부대에 현재 소득인 새 포도주를 담는 어리석음의 닻을 걷어내기 바란다.

기존의 은퇴 통념에 사로잡혀 불안해하는 현대인들

지난 100년 동안 적용된 개념을 21세기를 살고 있는 자신에게 적용한다면 그 부작용이 얼마나 크겠는가? 그 부작용 중 하나가 최근 50대 남성들의 연이은 자살이다. 퇴직 후 '자식과 아내를 끝까지 책임져야 하는데 미안하다' 라며 자살한 어느 중년의 유언이 신문에 게재된 적이 있다. 그를 그 지경에 이르게 한 것은 좌천 발령 스트레스와 자녀의 학자금 부담, 미래 노후 생활에 대한 걱정과 두려움이라는 기사였다. 나는 조기 퇴직에 대한 사회적 제도 마련이 미비한 점도 문제라고 생각하지만 그런 '제도' 못지않게 심각한 문제는 새로운 시대에 과거의 규칙으로 대

응하고 있는 개개인의 구시대적 패러다임이다. '퇴직이 곧 은퇴요! 은퇴하면 일은 끝. 60대에 무슨 일? 돈 없으면 죽는다. 돈 없는 가장은 살 가치도 없다'는 구시대적 은퇴 패러다임에 젖어 사는 사람이 너무 많다.

그러다 보니 100세 시대의 절반만 보낸 사람조차도 용기를 잃고 더 살 만한 가치가 있는 반평생을 허비하고 있는 것이다. 좌우 돌아보지 않고 앞만 보고 달린 자의 불행이기도 하다. 비단 중년의 문제만은 아니다. 우리는 돈을 많이 벌거나 남보다 높은 위치에 오르는 것이 인생 최고 덕목이 아니라고 알고는 있어도 내심

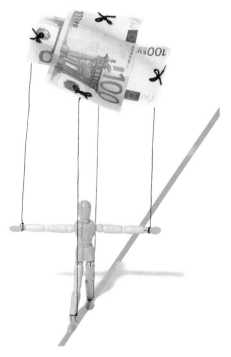

우리는 돈을 많이 벌거나 남보다 높은 위치에 오르는 것이
인생 최고 덕목이 아니라고 알고는 있어도
　　　내심 또는 드러내 놓고 그런 가치를 추구하며 성공과 성취의
　짜릿함을 좇는다.

또는 드러내 놓고 그런 가치를 추구하며 성공과 성취의 짜릿함을 좇는다. 당신의 행복은 이런 사회 통념을 깨뜨려야 시작될 것이다.

120년 전 65세는 현재의 90세에 해당한다. 거꾸로 말하면 지금 당신의 나이에 70퍼센트를 곱한 나이가 예전 65세 은퇴 개념이 처음 나왔을 때의 나이라는 것이다. 예를 들어 지금 50세라면 그 당시 나이로 당신은 35세로 한창 일할 때다.

다시 한 번 말하지만 이제 은퇴하겠다는 개념은 당신의 머릿속에서 지워라. 지워지지 않는다면 지금 당장 당신의 실제 나이에 70퍼센트를 곱하라. 그 나이가 당신의 경제 나이다. 그 경제 나이가 65세가 될 때까지 일하는 기간으로 삼아야 한다.

### 잘못된 마루 통념을 경계하라

20세기 초반까지 산업화 시대의 상업주의는 인간 노동력을 과학적으로 이용하여 대량 생산 방식으로 자본가의 이득을 추구하는 데 초점을 맞췄다. 하지만 대량 생산이 초과 공급으로 이어지고 1930년대 경제 대공황 등 문제점이 도출되자 상업주의는 자신의 전략을 수정하기에 이르렀다. 포스트모더니즘과의 연대를 통해 대중을 광고 등 매스미디어로 유혹하기 시작한 것이다. 포스트모더니즘을 지지하는 대중은 이성보다 감성, 공동체보다 개성을 중시하기 때문에 상업주의의 공급 물량을 받아내기에 적합한 먹잇감이었다<sup>이는 수요를 창출하는 사회과학 분야인 마케팅, 매스미디어 분야의 비약적인 발전을 가져온다</sup>.

이처럼 상업주의는 산업화 시대까지 획일적으로 취급 받던 대중의 지갑을 열어 남다른 소비를 통해 개성을 표출하는 다양한 방법을 개발했다. 나는 우리 세대의 혼돈과 불안의 원인 역시 교육·사상·예술·도덕 및 윤리·의료·종교의 영역까지 돈벌이의 대상으로 삼은 상업주의의 산물이라고 생각한다.

우리나라의 경우 1990년대 초반부터 본격적으로 활동하기 시작한 상업주의는 우리의 맘속에 상대적 빈곤<sup>relative poverty</sup> 의식을 심었다. 불과 우리 부모 세대까지만 해도 가난이라 함은 물질이 절대적으로 부족한 '절대적 빈곤'을 의미했고, 배고픈 시절에는 내가 가진 것이 부족하다 하여 남과 비교하며 '배 아파'할 시간이 없었다. 하지만 지금은 늘 내가 가진 것을 남들과 상대적으로 비교하며 '배 아파' 한다.


잘못 세뇌된 소비 패턴 버리는 것이 노후의 희망 돌파구

상업주의는 매스미디어를 통해 돈으로 살 수 없는 것들을 돈으로 살 수 있는 것처럼 꾸며 놓았고 소비와 생활의 규모를 남들처럼 늘리는 것을 사회적인 통념으로 만들었다. 광고 선전과 PPL 홍보 형태로 대중에게 호소하는 방식은 극히 교묘하다. 왜

지 신뢰할 수 있을 것 같은 TV, 라디오, 신문을 통해 오랜 기간 반복하며 소비자들에게 어떤 이념을 세뇌시킴으로써 사회의 통념으로 자리 잡게 만드는 것이다. '자신의 경제적 형편에 상관없이 저런 옷과 명품, 자동차, 스마트폰, 웰빙을 소유해야 내 삶이 행복해진다'며 자극적인 메시지를 지속적으로 내보낸다. 그러면 대중은 그것을 당연한 통념으로 받아들인다. 잘못된 통념이 진실로 둔갑해 멀쩡하던 사람마저 점점 변질되어 간다. 변질된 사람들은 신용카드 없인 살 수 없고 할부가 없으면 소비가 불가능하고 등록금 대출 없인 대학을 다닐 수 없다고 생각하게 된다. 그들은 다달이 빚을 갚는 것이 일상화되어 그렇지 않은 삶이 무엇인지 잊어버린다. 노예의 후예들은 자유가 무엇인지 알 수 없는 것과 흡사하다. 이제 현대인들은 무엇이 진실인지를 찾아야 할 시점이다. 남들처럼 소비하면 그 당시엔 마음이 뜨거워진다. 하지만 그 뜨거움은 이내 식어 버린다. 진짜가 아닌 가짜이기 때문이다. 능력을 넘어선 소비를 일삼는 것은 마치 술에 취해 운전대를 잡는 것과 같다. 율리시스가 사이렌의 유혹을 견디기 위해 선원들의 귀를 밀랍으로 막고 자신을 돛대에 꽁꽁 매단 것처럼 잘못된 통념으로 자리 잡은 과소비에 귀를 막고 자신이 지키고 싶은 인생을 위해 마루를 턱없이 높이는 우를 범하지 말아야 할 것이다.

　우리 사회가 다방면에서 무서운 속도로 변하고 있다. 특히 대
한민국은 고령화 속도가 전 세계에서 으뜸이며 이로 인해 개개
인이 부담해야 할 고정 지출 요소인 세금과 사회보험<sup>연금, 의료보험료 등</sup>
은 구조적으로 증가할 수밖에 없는 상황이다. 가계 부채는 임계
점을 넘어 예전만큼 미래를 위한 저축을 하기 힘든 게 현실이다.
부모 세대가 누렸던 집값 상승도 기대하기 어려운 게 현실이다.

이런 시기에 자칫 잘못하여 기존의 잘못된 통념에 갇혀 있다면 행복을 잃어버리기 십상이다.

### 더 멋진 인생 후반전을 위한 준비

사회가 변하면 우리의 마음가짐과 태도도 변해야 한다. 지금까지 어떻게 살아왔던지 지금부터 당신의 인생을 리셋reset하기 바란다. 세상은 당신에게 은퇴 천장을 가리키며 은퇴가 얼마 남지 않았다고 위협하고 때로는 당신 소비 스타일의 마루를 좀 더 높여도 된다고 속삭일 것이다. 하지만 이제 당신의 진정한 행복을 위해 그런 통념에 'NO'를 해야 할 때이다. 당신과 당신 가족의 행복을 위해 좀 더 긴 안목으로 가족의 재정을 계획하고 준비하자. 당신의 나이가 50세라면 아직 한창이다. 절대 기죽지 마라. 옛날로 치면 70%를 곱한 35세에 불과하다. 직장에서 퇴직했다고 움츠리지 마라. 다른 곳에서 할 일이 아직도 많다. 겸허한 마음만 간직한다면 인생 후반전이 훨씬 멋질 것이다. 역대 최고령으로 앨범 차트 1위에 오른 조용필의 나이가 예순이 훨씬 넘었다는 사실을 아는가? 또한 당신이 아직 20~30대라면 조급하게 수입이 끊어지는 때를 걱정하기보다 희망을 갖고 미래를 계획하자.

또한 다른 사람과 절대로 비교하지 말자. 아무리 돈을 많이 벌어도 상대적 빈곤감에 빠진다면 진정한 행복을 누리기 어렵다.

각자 소비의 마루턱을 낮추면서 100세까지 행복한 삶을 살 수 있는 방법을 궁리해 보자. 집 크기가 버겁다면 좀 줄여서 빚도 갚고 은퇴 금융 자산을 만들어 보자. 자동차에 지출이 많이 든다면 자동차를 버리고 BMW<sup>버스, 메트로철도, 워크-걷기</sup>로 갈아타는 건 어떨까? 오히려 우리 몸이 건강해지고 번뜩이는 아이디어가 샘솟을 것이다. 소비 지출이 통제가 안 된다면 신용카드를 다 해지하고 체크카드만 쓰는 것도 방법이 될 수 있다. 나는 몇 년 전 7~8장 되던 신용카드를 단 한 장만 남기고 다 잘랐다. 그 결과 이곳저곳 포인트 적립과 할인을 위해 신용카드가 지시하는 소비의 동선을 따르기보다 단 한 장의 신용카드로 단순화시켜 소비를 통제하는 것이 재정적 여유로움을 더 준다고 확신하게 되었다. 이는 다이어트를 위해 다양한 식단과 스케줄을 짜기 이전에 가장 먼저 밥공기의 크기를 줄이는 것과 마찬가지이다.

가족의 행복을 지키는 희망의 재테크

우리는 재테크를 잘해야 사랑하는 가족과 내가 지키고 싶은 인생을 살 수 있다고 종종 착각한다. 돈을 따라가는 삶이다. 그렇지 않다. 내 가족과 내가 지키고 싶은 인생을 위해 돈이 필요한 것이다. 돈이 먼저가 아니라는 것이다. 그래서 돈을 많이 버는 것보다 인생에 흘러오는 돈을 잘 관리하는 것이 중요하다. 부자가 되는 것이 아니라 필요한 돈을 만드는 것이 바로 진정한 재테크인 셈이다. 바로 오늘부터 차근차근 재정 관리를 시작해 보자! 단기간 재정의 변화는 극히 미미할지라도 어느 지점을 도는 순간부터 재정적인 행복이 열릴 것이다. 누구에게나 주어진 시간은 그런 사람의 편이기 때문이다.

## 고득성 재테크 전문가

대기업, 회계법인, 로펌, 은행 등 돈과 관련된 다양한 분야에서 경력을 쌓으며, 돈에 대해 가장 유쾌하게 말하는 사람이다. 고려대학교 경영학과를 졸업하고 공인회계사, 세무사, CFP, 프라이빗 뱅커 등 여러 타이틀을 갖고 활발히 활동 중이다. 현재 한국스탠다드차타드은행 프라이빗뱅킹 부서 이사로 금융 투자, 자산 관리 관련 업무를 하고 있고, 전국투자자협회 교수 및 금융연수원 강사로 출강하고 있다. 저서로는 《돈 걱정 없는 30년》 《돈 걱정 없는 30년-재테크 이야기》 《운명을 바꾸는 10년 통장》 《하룻밤에 정복하는 부자들의 세금노트》 《마법의 돈관리》 《상속》 등이 있다.

# 나의
# 콧노래길

방현희
소설가

당신은 저녁 여덟 시쯤, 늦으면 밤 열 시쯤, 이 거리를 지나간
다. 당신은 이 거리를 지나갈 때 나를 흔들며 간다. 당신의 손길
에 따라 내 몸은 간혹, 먼지를 피워 올리기도 하고, 가끔은 빗방
울을 흩뿌리기도 하고, 이따금 눈가루를 흩날리게 하기도 한다.
그렇게 당신이 나를 흔들어 주기를 기다리며 계절을 보낸다. 당
신의 산책길. 당신의 콧노래길. 그 울타리길이 내 몸이다. 어느
날부터 당신은 나타나지 않았다. 나는 비가 올 때까지 먼지를 뒤
집어쓴 채로 있어야 했고, 빗방울을 머금고 있다가 천천히 말려
버릴 뿐 사방으로 튕겨 나가는 황홀한 순간을 갖지 못한다. 당신

에게 무슨 일이 있는가?

　콧노래를 흥얼거릴 수 있는 심적, 시간적 여유
　나는 노래를 잘 부르지 못한다. 그런데도 대부분 무슨 노래인지도 모르는 노래를 흥얼거린다. 작업실인 내 방에서 주방으로 나가려 일어설 때부터 콧노래가 흘러나온다. 나는 언제나 모니터를 켜두고 식사 준비를 했다. 청소를 할 때도 카펫을 걷고 커튼을 바꾸고 이불 시트를 빨 때도 나는 콧노래를 불렀다. 싱크대를 행주로 닦은 자국 속에 내 콧노래가 묻어 있을지도 모르고,

냄비는 비눗물에 씻겨 내려가던 콧노래를 기억할지도 모른다.

내 엄마와 언니들은 언제나 콧노래를 흥얼거렸다. 그 습관은 지금도 여전해서 가족 모임으로 분주할 때가 아니면 언제고 콧노래를 들을 수 있다. 그것은 내 몸에도 배여 있었다. 혼자 쌀을 씻고 반찬을 만들고 밥상에 올릴 때도 그랬고, 청소를 할 때도 그랬다. 나는 콧노래를 흥얼거리며 베란다로 나가 문을 열어 놓고 방마다 돌아가며 창문을 차례차례 열면서 창밖을 내다보며 노래를 흥얼거릴 수 있는 심적, 시간적 여유를 사랑했다.

어느 날 아들에게서 재미있는 말을 들었다. 어릴 적부터 언제나 노래를 불러 주었기 때문에 엄마가 노래를 잘하는 줄 알았다고, 그런데 언젠가 엄마가 부르는 노래가 가수가 부르는 노래와 전혀 다른 노래라는 것을 알고 참지 못하고 웃어댔다는 것이다. 그제야 엄마가 음치인 줄 알았으며 자신도 음치 유전자를 고스란히 물려받은 것을 알았다고 했다.

그런데 언제부터 노래를 부르지 않았을까. 어제 아침 문득, 페이스북에서 만난 한 친구의 글을 읽다가 뒤통수를 맞은 것 같았다. 그녀는 '허밍웨이'라는 제목으로 동작로에서 이수교차로 지점까지 울타리에 음표가 달려 있는 산책로에 대해 이야기를 했고 나는 불현듯 내 잃어버린 콧노래길을 떠올렸다. 가만가만 기억을 더듬어 보니 밥을 정신없이 차리고, 청소를 가능한 한 빨리

해치우고, 커피를 내릴 때조차 숨을 고르고 해야 하니 노래를 부를 수 없다고 핑계를 댔던, 재작년 겨울부터였던 것 같다. 얼추 일 년이 넘게 콧노래를 잊고 있었던 것이다. 나는 지금 중년의 자정선을 지나고 있고, 그것이 인생에서 가장 무거운 시기이며, 무서운 시기라는 것을 실감하고 있는 중이다. 어째서 하필 허리가 반으로 꺾이는 시기에 등에 올라앉는 것들은 그렇게도 많아지는지.

### 언제까지 열정적으로 글을 쓸 수 있을까

내 집안의 콧노래길은 잊혀졌다. 심적 여유 없음은 밥하는 사이 숨 돌릴 잠시 잠깐의 짬도 빼앗아갔다. 생활의 어려움이 찾아왔고 내 육체적 힘이 점점 떨어져 간다는 것을 느꼈다. 나는 초조해졌다. 언제까지 열정적으로 글을 쓸 수 있을까, 하는 두려움이 나를 사로잡았다. 그래서 쓸 수 있을 때 열심히 쓰자는 생각을 하게 되었다.

호흡은 나도 모르게 가빠졌고 잠시도 쉬지 않고 무언가를 해야 한다는 강박 증세를 불러왔다. 눈을 뜸과 동시에 컴퓨터를 켜서 지난밤 한 줄도 나가지 못한 원고를 펼쳐 놓아야 했다. 원고를 띄워 놓고 인터넷을 접속해서 중요한 메일을 체크하고 내가 속한 조직들의 동향을 살피고, 문인 친구들과의 최소한의 교류를 위해 페이스북에 접속했다. 다시 원고를 보다가 멍하니 있는 자신을 깨닫고 시간을 낭비하고 있다는 생각에 책을 펼쳐 들거나 영화를 본다. 내 눈에 잡히는 그것들이 끊임없이 나를 자극해주기를 바란다. 외출을 하지 않는 한 웬만해서는 컴퓨터를 끄지 않는다. 잠시라도 눈에 무언가를 넣지 않으면 걱정거리들이 머릿속을 점령했다. 당장 해결해야 할 일과 닥치지 않은 일들, 조만간 밀어닥칠 일들이 숨통을 조여 온다. 그렇게 초조한 낮 시간을 보내고 밤이 되면 비로소 원고가 눈에 들어오기 시작한다. 하지만 예전처럼 집중이 되지 않았다.

대부분의 작가들은 자기 삶을 객관화할 수 있는 사람들이다. 웬만한 무게의 고통쯤 자기 혼자만 겪는 게 아니라는 걸 안다. 그래서 힘들다고 주절주절 늘어놓지 않는다. 그런데 너무 큰 고통이, 게다가 거리를 확보할 틈도 주지 않고 덮치고 또 덮쳐 오면 어느 사이 그 속에 갇히고 만다. 작가라면 당연히 가지고 있어야 할 넓은 시야를 잃고 만다. 타인의 삶은 눈에 들어오지도 않게 되고, 언제나 민감하게 감지해야 하는 세상일에조차 둔감해지게된다.

그래서 언제부턴가 누군가의 무거운 삶이나 비밀을 들어야 할 때가 다가옴을 감지하면, 나는 그 사람으로부터 멀찍이 도망갈 준비를 했다. 어쩌면 타인의 무거움을 감당하지 못해 아예 그와

소설 읽기와 쓰기에 몰입하여 있는 시간,
그 시간만큼 행복했던 시간은 다시 없었다.
그래서 가진 게 거의 없었지만 행복한 십여 년을 보낼 수 있었다.

의 이별을 선택하는 거였다. 특히나 나와 같은 문제를 겪고 있는 사람에게 더욱 가혹했다. 나는 타인에게서까지 내 고통을 확인하고 싶지 않았다.

### 소설 속에서 나는 한없이 자유로웠다

어느 날 가만 뒤를 돌아보니 내 오십 년 삶 중에서 책임으로부터 자유로웠던 시기는 이십대의 몇 년간이 전부였다. 대학을 졸업하고 직장에 다니며 내 삶을 나 혼자 꾸려 갔던 그 짧은 시기. 비로소 부모의 간섭으로부터 벗어났고 아무에게도 소속되지도 않았던 그 아름답던 한 시절. 이십대 후반에 결혼을 하고부터는 모든 관계는 의무로 이루어졌고 나는 마치 빚을 갚듯 그것들에 충실한 하루하루를 이어가야만 했다. 지독하게 불합리한 가족 관계에도 내가 그것을 선택했다는 자각 때문에 불평할 수가 없었고 벗어날 수는 더더욱 없었다. 착한 여자 콤플렉스에 묶인 데다 누군가에게 의존해야 하는 약한 존재였던 나는 한 사람에게 의존하는 대신 그에 따른 모든 관계를 받아들여야만 했다.

그러기 위해 나는 스스로에게 주문을 걸었다. 나는 평화를 사랑한다, 나는 가족의 평화가 가장 우선이고 그것을 위해 웬만한 것은 감수한다, 라고. 그 이면을 짚어 보면, 나는 그 누구와도 실랑이를 통해 무언가를 얻어내야 하는 긴장을 이기지 못한다, 나는 누군가가 나를 불편해하거나 증오하는 것을 견디지 못한다, 맞서 싸우는 것은 더더구나 하지 못한다, 그러니 사랑스러운 존재가 되어 그 갈등들을 원천적으로 차단한다는 것을 뜻하는 것이다. 그렇다고 내가 불행했냐고? 그렇지 않았다. 그 대신 내가 얻어낸 것은 내 삶에서 가장 큰 것이었다. 소설을 쓸 수 있는 자유가 그것. 그것 하나면 나는 충분했다.

소설을 쓸 수만 있다면 삶의 모든 부당함을 감수하겠다는 게 내가 나 자신과 약속했던 것이었다. 그리고 나는 그것을 충실히 이행했다. 시간이 부족했기 때문에 나는 내가 누릴 수 있는 다른 것들을 버렸다. 놀러 다닌다든가, 친구들과 어울린다든가 하는 그 모든 것을 내주고 소설 하나를 선택했다. 그렇지만 나는 소설 속에서 한없이 자유로웠다.

내 생활이 강요하는 억압과 강박은 소설 속으로 들어오면 기억도 나지 않을 정도로 멀리 사라졌다. 나는 아주 어린 시절부터 소설 읽기에 몰입하여 세상을 잊는 축에 속했던 사람이었다. 소설 읽기와 쓰기에 몰입하여 있는 시간, 그 시간만큼 행복했던 시간은 다시 없었다. 그래서 가진 게 거의 없었지만 행복한 십여 년을 보낼 수 있었다. 다른 사람에게도 너그러울 수 있었다. 가끔 찾아오는 고통은 있었지만 괴로움은 없었고 고통도 잘 해결해서 보낼 수 있었다. 그런데 중년의 어느 날부터 괴로움이 만연

고통이 누적되어 일상적인 괴로움이 되느냐,
전혀 다른 무엇이 되느냐 하는 것은
전적으로 당사자의 삶에 대한 태도에 달려 있다.

해지고 고통이 덮쳤다. 내가 낳아 놓은 또 하나의 삶은 나에게
무한 책임을 요구했다. 내가 짊어져야 하는 생활의 무게는 그 어
느 때보다 무거워졌다. 비로소 삶이 무서워졌다. 생활을 해결해
야 한다는 중압감에 원고를 펼쳐도 몰입되지 않았다.

### 삶의 고통이 인생의 차원을 변화시킨다

고통<sup>Pain</sup>과 괴로움<sup>Suffering</sup>은 다르다. 고통은 현실적이며 실체가 분명하다. 괴로움, 즉 고해는 실체가 막연하며 인생 전반에 걸쳐 깊숙이 스며 있다. 특별히 불행감에 예민한 사람들은 하루하루가 괴로움의 연속이다. 고통은 차례로 오거나 한꺼번에 몰아닥치거나 한다. 그것은 폭풍이 집안의 유리창을 깨고 밀쳐 들어오는 것과 같다. 고통이 찾아오면 괴로움은 일순 사라진다. 고통에 대응해야 해서 온몸의 신경이 화들짝 깨어나게 되기 때문에 고독감이라거나 소외감이라거나 무기력감은 사라진다. 고통이 누적되면 일상적인 괴로움이 된다. 괴로움과 고통은 둘 다 사람을 상하게 한다. 그것들은 방향을 틀지 못하면 죽음에 이르게 하기도 한다.

엎친 데 덮치는 고통 속에서 사라지는 줄도 모르는 채 콧노래가 사라졌다. 밥을 지을 때 향기에 취하는 짬을 잊고, 창문을 열 때 웃음 짓는 여유를 잃었다. 거실에서 주방으로 오가는 길에는 침묵이 깔렸다. 그러다 문득 깨달았다. 하나 다음에 또 하나, 그 다음에 또 하나, 하는 식으로 고통이 누적된다 해서 그 하나하나가 고스란히 살아 있는 것은 아니라는 것을. 고통이 하나씩 있을 때는 절절한 고통이지만 누적되고 시간이 지나면 전혀 다른 무엇으로 변화를 일으킨다는 것을. 그리고 삶은, 그 당사자가 누구인가에 따라 화학적 변화를 일으키는 데 능란하다는 것을. 고통이 누적되어 일상적인 괴로움이 되느냐, 전혀 다른 무엇이 되느냐 하는 것은 전적으로 당사자의 삶에 대한 태도에 달려 있다.

괴로움에서 벗어나는 데에는 자기만의 방식이 있다. 어떤 사람은 괴로움 속에 머무는 편을 택한다. 되풀이하고 반복하여 문젯거리를 되새긴다. 고통을 주는 당사자나 상황을 절대 멀리하지 않는다. 오히려 비슷한 문제를 만들어내서라도 괴롭히고 괴롭힘을 당하며 곁에 둔다. 기실 그런 타입은 괴로움에서 먹이를 얻는지도 모른다. 어떤 사람은 산적한 문제를 그 자리에 놔둔 채로 여행을 떠나기도 한다. 물리적 거리를 통해 심리적으로 거리를 확보하는 경우다. 어떤 사람은 물리적 거리와는 상관없이 있는 자리에서 깊은 몰입을 통해 심리적 거리를 확보하기도 한다.

나의 경우는 세 번째였다. 나는 무언가에 깊이 몰입해야 현실에서 떠날 수 있었다. 내가 가진 가장 좋은 점은 피할 수 없는 것은 최대한 빨리 인정하고 해결 방법을 찾은 뒤에는 되도록 빨리 그것에서 거리두기였고, 그 능력은 아직 살아 있었다. 나에게는 소설이 있었고 그것은 여전히 내가 숨 쉴 최소한의 공간이었다. 그것을 확보해야 했다. 무언가에 몰입해서 번다함을 잊은 뒤에 소설 속으로 들어가기. 그게 당면한 내 목표였다.

나는 **콧노래를 다시 부르기 시작**했다.
마침 봄도 되었고 비가 내리기 시작했다.
아파트 화단에 쌓여 있던 눈이 이제야 녹는 곳도 있다.

### 다시 부르는 희망의 콧노래

말이 쉽지 고통의 여파에서 벗어나기란 쉬운 게 아니다. 콧노래는 나에게는 '떠난다'는 신호를 의미한다. 작업에 빠져 있는 동안에도 나는 전혀 가사에서 벗어날 수 없었다. 철저히 혼자서 가사를 돌봤기 때문에 심리적으로 거리를 가져야만 했다. 그래야 잡다한 가정사에 매몰되지 않을 수 있었던 것이다. 입으로는 콧노래를 부르면서 밥을 하고 있지만 머릿속으로는 작업을 계속하고 있었으니 콧노래가 내 가사 노동과 작업 활동 사이의 차단막 역할을 하는 것이었다.

나는 콧노래를 앞세워 몰두할 만한 것을 찾아야 했다. 그리고 찾아냈다. 나는 재봉을 하고 싶어 했다. 내가 원하는 스타일의 옷을 만들어 입고 싶었다. 그래서 엄마의 미싱을 꺼냈다. 봄 분위기를 낼 커튼을 만들었고, 올리브그린 색상의 이불 커버를 만들어 덮었으며, 부드러운 감촉의 잠옷을 만들었다. 매번 무언가 새로운 것을 만들어야 완전히 몰두할 수 있어서 당분간 새로운 것들을 만들어 볼 생각이다.

나는 콧노래를 다시 부르기 시작했다. 마침 봄도 되었고 비가 내리기 시작했다. 아파트 화단에 쌓여 있던 눈이 이제야 녹는 곳도 있다. 나는 그 색깔들을 눈여겨 볼 것이다. 그리고 그 색깔들과 모양들을 내 재봉틀 아래에서 만들어 낼 것이다. 그리고 밤이 되면 지금처럼, 원고를 펼치고 소설 속으로 빠져들 것이다. 나의 밤은 콧노래 없이도 온전히 내 것일 수 있으니까.

방현희 소설가

1964년 전북 익산 출생. 2001년 《동서문학》으로 등단했으며, 장편소설 《달항아리 속 금동 물고기》 《달을 쫓는 스파이》 《네 가지 비밀과 한 가지 거짓말》, 소설집 《바빌론 특급우편》 《로스트 인 서울》, 산문집 《오늘의 슬픔을 가볍게, 나는 춤추러 간다》, 우화집 《아침에 읽는 토스트》 등이 있다.